Ernst von Wildenbruch

Die Herrin ihrer Hand

Schauspiel in fünf Akten

Ernst von Wildenbruch

Die Herrin ihrer Hand
Schauspiel in fünf Akten

ISBN/EAN: 9783743411593

Hergestellt in Europa, USA, Kanada, Australien, Japan

Cover: Foto ©Andreas Hilbeck / pixelio.de

Manufactured and distributed by brebook publishing software (www.brebook.com)

Ernst von Wildenbruch

Die Herrin ihrer Hand

Die Herrin ihrer Hand.

Schauspiel in fünf Akten

von

Ernst von Wildenbruch.

Berlin, 1885.
Verlag von Freund & Jeckel.
(Carl Freund.)

Der Verfasser
behält sich und seinen Erben oder Rechtsnachfolgern das ausschließliche Recht vor, die Erlaubniß zur öffentlichen Aufführung und zum Uebersetzen des folgenden Stückes zu ertheilen.

Den Bühnen gegenüber Manuskript. Aufführungsrecht durch Felix Bloch in Berlin.

Gedruckt bei Julius Sittenfeld in Berlin.

Personen.

Arthur von Steinberg, ein reicher junger Gutsbesitzer.
Johanna, seine Schwester.
Julie, beider Tante.
Justizrath Stich, Johannas Vormund.
Victor von Moorsberg.
Eduard von Stendel.
Edmund Westerholz, ein junger Gelehrter.
Frau Westerholz, seine Mutter.
Eine Stuben-Wirthin.
Dienstmädchen und Diener.

Ort der Handlung: eine große Stadt.
Zeit: die Gegenwart.

Erster Akt.

Scene: Ein sehr eleganter Salon bei Steinbergs. Im Hintergrunde (nicht in der Mitte, sondern mehr in der Ecke) eine geöffnete Glasthür, durch welche man in den Garten sieht; neben derselben ein Sopha mit Tisch davor, auf welchem Albums und Bilder liegen. Vorne links ein Tisch mit Büchern bedeckt. Rechts und links (vom Zuschauer aus) Seitenthüren.

Erster Auftritt.

Julie (sitzt in der Sophaecke, aufmerksam in den Garten blickend); **Steudel** (kommt mit dem Hut in der Hand von rechts).

Steudel.

Nein, sagen Sie mir, gnädigste Tante, was ist das mit unserem Arthur! Der Mensch hat aus seinem Kopfe eine Börse gemacht, wo man nur den Courszettel zu lesen bekommt. Kein anderes Gespräch mehr — ah — Verzeihung; Ich störe Sie in Ihren Beobachtungen. (Er drückt ein Glas in das eine Auge und sieht kurz aber aufmerksam in den Garten hinaus.)

Julie
(wendet sich zu ihm).

Meine Beobachtungen? Glauben Sie, daß ich unseren Garten so merkwürdig finde, Herr von Steudel?

Steudel.

Vielleicht aber die Blumen darin? Sehen Sie — Ihre Fräulein Nichte — eine wandelnde Victoria Regia, wenn ich je eine gesehen habe!

Julie.

Sie galanter Botaniker.

Steudel
(hinaussehend).

Wer ist denn der Herr, mit dem sie da im Garten geht?

Julie
(erhebt sich).

Mein Gott, was haben Sie für indiscrete Augen!

Steudel.

Was meine Augen sündigen, macht mein Mund wieder gut; ich versichere Ihnen, er steht unter der brillantesten Disciplin. Vertrauen Sie mir, wer ist jener Fremdling?

Julie.

Einen Fremdling kann man ihn wohl kaum mehr nennen, da er seit vier Wochen beinah' täglich kommt.

Steudel.

Seit vier Wochen? Zu der unnahbaren Johanna von Steinberg? Ich weiß nicht mehr, ob meine Wißbegierde größer ist oder meine Eifersucht.

Julie.

Ah — Eifersucht — meine Nichte, müssen Sie wissen, hat sich in den Kopf gesetzt, englische Dichter in der Ursprache zu lesen.

Steudel.

Moderne?

Julie.

Nein, vom antiksten Kaliber: Shakespeare ꝛc.

Steudel.

Das ist hart.

Julie.

Und der Herr, mit dem Sie sie dort sehen, ertheilt ihr darin Unterricht — sie liest mit ihm zusammen.

Steudel.

Und wer ist also dieser bevorzugte Sterbliche?

Julie.

Ein gewisser Herr Westerholz.

Steubel.

Westerholz? Der verrückte Westerholz?

Julie.

Mein Gott — Sie kennen ihn?

Steubel.

Columbus Westerholz. Die ganze Welt spricht von ihm.

Julie.

Columbus Westerholz?

Steubel.

Ja, wissen Sie denn nicht, daß dieser sonderbare Heilige eine Entdeckung im Kopfe herumträgt, mit der er die Welt zu beglücken gedenkt?

Julie.

Was soll das für eine Entdeckung sein?

Steubel.

Ach was weiß ich! Jedenfalls in einem Lande, das noch gar nicht existirt.

Julie.

Also ganz einfach ein mauvais sujet?

Steubel.

Nun, im besten Falle ein verbummeltes Genie. Neulich, ich weiß selbst nicht wie, kam im Casino das Gespräch auf ihn; und während alles über den Narren lachte, erhob sich die große Sphinx und sprach die geflügelten Worte: über Columbus hat man auch gelacht, bevor er Amerika entdeckte; seitdem heißt er Columbus Westerholz.

Julie.

Wen verstehen Sie unter der großen Sphinx?

Steudel.

Ah so — das habe ich Ihnen noch nicht gesagt. Das ist ein gewisser Herr von Moorsberg — mein Himmel, Sie werden doch von Moorsberg gehört haben?

Julie

Ich versichere Ihnen, kein Wort.

Steudel.

Das ist ein Mann — ja sehen Sie, es ist gar nicht leicht, ihn zu beschreiben; Niemand weiß, wo er hergekommen ist: die Einen sagen, aus Arabien, die Anderen, aus Afrika, die Dritten, aus England — soviel ist sicher, daß er alle Welt kennt, alle Sprachen spricht, die es auf der Erde giebt und enorm reich ist. Der reine Monte-Christo.

Julie.

Verheirathet?

Steudel.

Gnädigste Tante, wie können Sie ihm solche Trivialität zutrauen.

Julie.

Erlauben Sie —

Steudel.

Damen denken anders darüber, ich weiß; aber dieser Moorsberg gehört zu den Leuten, die man sich nun einmal nicht verheirathet denken kann. Er ist ins Casino eingetreten, und kommt fast nie hin; er hat sich eine prachtvolle Wohnung gemiethet, und lebt darin wie ein Einsiedler — vor seinem Schreibtisch soll er ein Löwen- und vor seinem Kamin ein Tigerfell liegen haben — selbsterlegt, was sagen Sie? und das Tollste bei der Geschichte ist, daß, wenn er sich einmal wie der steinerne Gast zeigt, ihn Niemand auslacht.

Julie.

Könnte man dieses Wunderthier gar nicht zu sehen bekommen?

Steudel.

Nichts leichter als das: alle Mittage reitet er bei Ihrer Villa hier vorbei spazieren.

Erster Akt.

Julie.

Bei unserer Villa?

Steubel.

Was mir einfällt — entsinnen Sie sich, daß Sie vor drei Tagen mit Ihrer Fräulein Nichte die Kastanienallee entlang spazierten?

Julie.

Vor drei Tagen? Wohl möglich.

Steubel.

Ich hatte ihn in einer Seitenallee getroffen und gestellt. Als die Damen vorüberkamen, stutzt er plötzlich und fragt, so ganz gleichgültig, verstehen Sie: wer ist das? Ich sage: Das ist Fräulein Julie von Steinberg.

Julie.

Sie boshafter Mensch; nach mir wird er gerade gefragt haben.

Steubel.

Gnädigste Tante, ich beurtheile ihn nach den Empfindungen meines Herzens.

Julie.

Sie abscheulicher Mensch!

Steubel.

„Und die Andere?" fragt er darauf. Das ist ihre Nichte, sagte ich, Fräulein Johanna von Steinberg.

Julie.

Und weiter, weiter?

Steubel.

Darauf sagt er „so?" und ich erwiderte „ja."

Julie.

Und weiter sagte er nichts?

Steubel.

Jawohl, dann sagte er „adieu".

Julie.
Ich weiß gar nicht, warum Sie mir das Alles erzählen.

Steubel.
Weil es mir schien, als fragten Sie mich danach. — Und seitdem reitet er jeden Mittag hier spazieren.

Julie.
Mein Gott, der reine Zufall.

Steubel.
Natürlich — habe ich etwas anderes gesagt? (Blickt in den Garten.) Aber da kommt das englische Pärchen.

Julie.
Um des Himmels Willen! Herr von Steubel!

Steubel.
Sie haben Recht, meine Gnädigste, es ist formidabel; reden Sie doch einmal ein ernstes Wort mit Ihrer Fräulein Nichte und jagen Sie den Menschen zum Kuckuck.

Julie.
Ach, wenn es von mir abhinge —

Steubel.
Eine solche Dame und ein Blaustrumpf! ah — ah. Na, jetzt aber empfehle ich mich; vor alten englischen Dichtern habe ich einen heidenmäßigen Respect — wissen Sie, wohin ich jetzt gehe?

Julie.
Nun?

Steubel.
Jetzt patrouillire ich vor Ihrem Garten und lauere der großen Sphinx auf — hm — merken Sie was? Was bekomme ich, wenn ich Ihnen den Monte-Christo vorreite?

Julie.
Das will ich Ihnen draußen sagen, Sie unverbesserlichster aller Sünder. Kommen Sie.

(Julie und Steubel nach rechts ab.)

Zweiter Auftritt.

Johanna. Edmund Westerholz (mit Büchern in der Hand durch die Gartenthür).

Julie
(die an der Thür rechts stehen geblieben).

Liebe Johanna, ich möchte bald etwas mit Dir besprechen. (Ab.)

Edmund.

Das heißt, aus dem Diplomatischen ins Deutsche übersetzt: Herr Westerholz, empfehlen Sie sich. (Er legt das Buch auf den Tisch links und zieht die Uhr.) Uebrigens sehe ich, daß ich Ihnen Ihre Zeit raube. Sie sind seit fünf Minuten frei.

Johanna.

Das klang, als fühlten Sie sich selbst erlöst. Sie waren heut wenig mit mir zufrieden, nicht wahr?

Edmund.

Weshalb?

Johanna.

Es schien mir so — Ihr Gesicht —

Edmund.

So? mein Gesicht? Nein, ich überlegte, weshalb ich Ihnen noch englischen Unterricht ertheile, da Sie es sicherer beherrschen als ich selbst.

Johanna
(setzt sich).

Das wollen wir dahin gestellt sein lassen — aber, kommen Sie, nehmen Sie noch einen Augenblick Platz. Ihre Gedanken waren heut wenig bei unsern englischen Dichtern, nicht wahr?

Edmund
(hat sich gesetzt).

Ah — man sollte gar keine Dichter lesen.

Johanna.

Weshalb? Was haben Ihnen die armen Poeten gethan?

Edmund.

Die armen — ja das ist das rechte Wort; es sind arme Schelme, trostlose arme Schelme, wie Alle, die sich gleich ihnen von Phantasien und thörichten Gedanken nähren.

Johanna.

Sind Sie solch ein Fanatiker des Verstandes? Das hätte ich nicht gedacht.

Edmund.

Sie thun mir zu viel Ehre an! Ich wollte, ich wäre so Einer; aber bekanntlich hat man immer nach den Speisen das meiste Verlangen, die Einem am schlechtesten bekommen.

Johanna.

Nach Phantasien also? Danach dürfte man Sie wohl gar selbst für einen Dichter halten?

Edmund.

Nein, wenn ich das noch wäre! Dann könnte ich ja darauf pochen, daß es mein Beruf sei, mich an meinem Herzblute zu berauschen — aber ein Schulmeister! prr — ein Wort, bei dessen Klang allein schon die Poesie sich die Ohren zuhält —

Johanna.

Habe ich Sie denn früher falsch verstanden? Ich glaubte, Sie wären nicht Schullehrer?

Edmund.

Das ist's ja eben, daß ich es nicht bin und daß ich einer sein soll! sein muß! daß es gar keinen vernünftigen Grund auf Gottes Erdboden giebt, warum ich es nicht bin und daß ich es doch nicht sein kann trotz allem, was Vater, Mutter und die ganze patentirte Vernunft der Welt in Gestalt von Onkeln, Tanten, Basen und guten Freunden sagt! (Steht auf und greift nach dem Hute.) Aber ich bin, bei Gott, im besten Zuge, Ihnen ein Langes und Breites über mein Schicksal vorzudeklamiren.

Johanna.

Warum wollen Sie es mir nicht sagen — bitte?

Erster Akt.

Edmund.
Weil es Sie unerträglich langweilen würde.

Johanna.
Und wenn ich Ihnen versichere, daß es nicht der Fall sein würde?

Edmund
(sieht sie erstaunt an).
Nicht? (Lächelnd.) Ah so — ich verstehe —

Johanna.
Was meinen Sie? Was wollen Sie verstehen?

Edmund.
Entschuldigen Sie, mein Fräulein, man hat so manchmal unhöfliche Gedanken.

Johanna.
Sie meinen, daß ich aus Neugierde frage?

Edmund.
Das Leben hat mir so wenig Schmeichelhaftes bis jetzt bezeigt, daß ich gar zu schlecht gelernt habe, zu schmeicheln. Ich meine, mein Fräulein, daß Sie auch wohl, wie die meisten Anderen, von dem sonderbaren Kauz, dem Edmund Westerholz gehört haben werden, über den alle vernünftigen Menschen die Köpfe schütteln und daß es gar zu hübsch wäre, wenn Sie nun heut oder morgen beim Kaffee Ihren Freundinnen erzählen könnten, was es mit dem Narren für eine Bewandtniß hat —

Johanna.
Hören Sie auf — ich bitte!

Edmund.
Und daß es sich dann gar zu allerliebst anhören müßte, wenn alle die silbernen Damenstimmchen so recht herzlich über die tollen Ideen lachten, die der Mensch im Kopfe herumträgt.

Johanna.
Ich kann Ihnen nur sagen — daß Sie sich sehr irren, mein Herr — übrigens ist unsere Stunde zu Ende.

Edmund.

Ich weiß. Uebrigens bitte ich um Entschuldigung, mein Fräulein, wenn ich Ihnen weh gethan habe. Das wollte ich wahrhaftig nicht.

(Johanna hat sich erhoben und steht von ihm abgewendet.)

Edmund.
(halblaut, so daß Johanna es hört).

Ich bin wirklich zum Diplomaten geboren; hier habe ich es nun gründlich verschüttet. (Johanna lächelt für sich.) Verzeihen Sie noch eine Frage: ist Ihr Herr Bruder zu Haus?

Johanna.
(erstaunt sich umwendend).

Er ging vorhin aus; haben Sie etwas für ihn?

Edmund.

Hm — ja eigentlich —

Johanna.

Nun, kann ich es vielleicht ausrichten?

Edmund.

O, das ginge wohl — denn es ist eigentlich nur dieser Brief — aber —

(Er zieht einen Brief hervor.)

Johanna.

Aber?

Edmund.

Nun, mein Gott, ich kann doch nicht eben einer Dame Unhöflichkeiten sagen, und im Augenblick darauf Gefälligkeiten von ihr verlangen?

Johanna.

Ich sollte Ihnen allerdings böse sein; aber nehmen Sie nun einmal an, ich sei es nicht; gar nicht —

Edmund.

Denken Sie so? Wirklich? Dann bitte ich Sie sogar recht herzlich, geben Sie den Brief hier an Ihren Herrn Bruder! Ich denke, dann bringt er mir Glück, wenn er durch Ihre Hände gegangen ist.

Erster Akt.

Johanna
(nimmt den Brief).
Das will ich dem Brief von Herzen wünschen.

Edmund.
Ich bin abergläubisch, nicht wahr? Aber wer wäre es in großen Momenten des Lebens nicht ein wenig? Und dieser Brief ist für mich so wichtig —

Johanna.
Ich wage nicht mehr zu fragen, was es damit für eine Bewandtniß hat.

Edmund.
Dieser Brief, sehen Sie, ist wieder ein dummer Streich. Ja, Sie sehen mich erstaunt an; ein ganz dummer Streich. Ich weiß, daß der Brief gerade so viel wirken wird, wie ein Schlag, den ich ins Wasser thue, im Glauben, daß es eine Narbe behalten wird — aber sehen Sie, während ich Ihnen das sage, baut meine Phantasie schon wieder ein ganzes Gebäude von Hoffnungen auf dem Brief auf — ah — Kartenhäuser — Kartenhäuser! O, mein Fräulein, wenn Sie wüßten, wie elend mir um das Herz ist!

Johanna
(sehr ernst).
Das sah ich schon seit vielen Tagen, Herr Westerholz.

Edmund.
Das haben Sie gesehen? Und es würde Sie also wirklich interessiren — Sie würden sich nicht langweilen — auch nicht lachen — denn wenn Sie lachten! —

Johanna.
Wie können Sie so denken?

Edmund
(wirft den Hut fort).
O, setzen Sie sich — das heißt — entschuldigen Sie —

Johanna
(setzt sich).
Sie sehen, wie gehorsam ich bin; ich sitze schon.

Edmund
(steht vor ihr).

Das, was ich Ihnen zu sagen habe, fängt wie ein Märchen an.

Johanna.

Ach, und dafür ist heutzutage schlechte Zeit.

Edmund.

Aber das Märchen wird Wahrheit werden, wenn Gott ein Einsehen hat. Sie müssen wissen, daß ich Historiker bin, und daß ein Volk war, welches von Kindheit an mit wunderbarer Gewalt mein Sinnen und Denken fesselte: das große geheimnißreiche Volk der Assyrer; in Asien, da wo heute unermeßliche Oede liegt, standen ihre Städte, Babylon und Ninive. Ihre Könige waren Gebieter unendlicher Reiche; aber sie waren mehr, sie waren Menschen und wußten, daß sie es waren. In ihrem Haupte fühlten sie die lodernde Flamme des Geistes und sie sprachen: auch nach uns werden Menschen sein, ihnen wollen wir bewahren, was wir gethan und gedacht. Und sie thaten es: sie erfanden sich eine Schrift und mit dieser Schrift zeichneten sie auf tausenden und abertausenden von thönernen Tafeln die Geschichte ihres Volkes auf und legten sie nieder, ein heiliges Vermächtniß für kommende Geschlechter. Da kamen die Menschen, zerstörten Babylon, zertrümmerten Ninive, und mehr als das, schlimmer als das, zerbrachen die Tafeln der Assyrer und wälzten bergehoch den Schutt und die Trümmer darüber. Und dort, sehen Sie, unter den Ruinen von Ninive, da liegt er nun in seinem tausendjährigen Grabe, der Schatz des menschlichen Geistes!

Johanna.

Er liegt da? Hat man ihn denn entdeckt?

Edmund.

O — was soll ich Ihnen darauf erwidern? Seit zehn Jahren, ich wiederhole es, beschäftigt mich dieser Gegenstand täglich und unausgesetzt; und jede neue Schlußfolgerung ist ein Fingerzeig mehr, der auf das Vorhandensein dieser Tafeln deutet. Sie sind da — denn sie müssen da sein. — Wenn ich Bestimmteres sagen könnte, wäre meine Entdeckung dann noch eine Entdeckung?

Johanna.

Und dieser Entdecker, der dahin gehen, den Schatz heben wird, sind Sie?

Edmund.

Bin ich! Ja, bei Gott, der bin ich! Sehen Sie, das ist es ja, warum ich nicht mehr schlafen kann des Nachts, weil ich ihn immer höre den dumpfen Ruf: „ist denn nicht Einer da?" Weil ich sie im Traume sehe, die assyrischen Tafeln, durcheinandergeworfen, zerstampft von den Tritten der Heerde, die der asiatische Hirt darüber hintreibt — wartend der Hand, die sie zusammenzustellen vermag — und dann jagt es mich vom Lager empor — und, hier ist er, rufe ich, der Mann, der sie zu lesen und der Welt zu deuten vermag!

Johanna.

Dieser Gedanke ist großartig! ist herrlich!

Edmund.

Darum war er auch mein Stern in einsamen Nächten, mein Alles — und leider auch mein Fluch.

Johanna.

Nicht Ihr Fluch, Herr Westerholz, nicht Ihr Fluch!

Edmund.

Ja doch mein Fluch — denn er eben ist es ja, der mich herumjagt in diesem Leben, wie einen Narren! Der mir ins Ohr flüstert: Du darfst nicht Schulmeister werden —

Johanna.

Ah, diese Stimme hat Recht —

Edmund

(sieht ihr ins Gesicht).

Wäre ich nun ein vernünftiger Mann, so müßte ich Ihnen zürnen, daß Sie sich so auf Seite des Verführers stellen — aber weil ich das einmal nicht bin, so muß ich Ihnen sagen, daß Ihre Worte mir unendlich wohl thun.

Und doch muß sie ein Ende nehmen, diese Traumseligkeit — alle meine Altersgenossen sind schon lange Männer in Amt und Brod — meine arme Mutter erträgt schweigend den Kummer, den ihr Sohn ihr bei vernünftigen Leuten verursacht — und ich selbst, wenn ich im Traume ein König und ein berühmter Mann war, sehe mich des Morgens hohnlachend an und sehe, daß ich nichts bin als ein träumender Bettler!

Johanna
(erhebt sich).

Nennen Sie sich nicht so! Ich will es nicht! Ich verbiete es!

Edmund.

Aber was thue ich denn anders, als — betteln?

Johanna.

Herr Westerholz!

Edmund.

Ja, sehen Sie, das ist nun schon der zwanzigste Brief der Art, den ich schreibe. Schon zwanzig der reichsten Leute unserer Stadt habe ich gefragt: wollt Ihr Euch denn nicht für diesen herrlichen Gedanken interessiren — denn Ihr habt ja Geld und ich habe nichts als ein bischen Geist!

Johanna.

Als ein bischen Geist. — Das also ist der Inhalt des Briefes an meinen Bruder?

Edmund.

Ja freilich, das ist's. Ach, ich bin überzeugt, daß dieser Weg ungeheuer unpraktisch ist; aber ich weiß keinen anderen. Als ich geboren wurde, trat eine wunderschöne Frau, so schön, als wäre sie eben vom Himmel herabgekommen, an meine Wiege, legte mir die Hände aufs Haupt und mit dem süßesten Lächeln gab sie mir den schrecklichsten Segen.

Johanna.

Wie das? Was sagte die schöne Frau?

Edmund.

Edmund Westerholz, sagte sie, Du sollst Dein Leben lang unpraktisch bleiben.

Johanna.
Das hätte ich auch gesagt!

Edmund
(lächelnd).

Das ist ja eigentlich ganz abscheulich von Ihnen? Und dennoch bin ich Ihnen unsäglich dankbar. Jetzt aber muß ich fort. (Nimmt den Hut.) Morgen werde ich mir Bescheid bei Ihrem Herrn Bruder holen — ich bin so zuversichtlich geworden — aber nicht wahr, Sie sind nicht mehr böse wegen vorhin?

Johanna.
Dann müßte ich es erst nachträglich geworden sein.

Edmund
(will gehen, kehrt noch einmal um, ergreift ihre Hand).

Ach, mein Fräulein — Geschwister tragen den Mutterzug im Antlitz, der sie einander ähnlich macht. Wenn doch auch sein Herz dem seiner Schwester gliche.

(Geht durch die Gartenthür ab.)

Johanna.
O, daß ich doch heute mein Bruder sein könnte! Gott, laß diesem Manne sein Werk gelingen!

Dritter Auftritt.

Julie
(kommt von rechts).

Eure Stunde hat ja heute merkwürdig lange gedauert. (Sie geht an den Büchertisch.) Shakespeare — Byron — lest Ihr Byron auch?

Johanna.
Wenn es Dich interessirt, nein. Ich lese ihn für mich.

Julie.
Aber er hat ihn Dir gebracht.

Johanna.
Allerdings.

Julie.
Byron soll ein ganz unpassender Dichter sein.
Johanna.
Dann bedauere ich, einen so unmanierlichen Geschmack zu haben. Mir gefällt er sehr gut.
Julie.
Mein Kind, wir müssen einmal ernstlich sprechen: Du befindest Dich in einer großen Gefahr — Du bist im Begriffe, ein Original zu werden. Weißt Du, wie man Dich in den Gesellschaften betitelt?
Johanna.
Wer erlaubt den Menschen, in den Gesellschaften von mir zu sprechen?
Julie.
Du selbst forderst sie durch Dein Thun und Treiben dazu auf. Was soll man dazu sagen, wenn ein Fräulein von Steinberg plötzlich auf den Gedanken kommt, bei einem Menschen, wie dieser Herr Westerholz — der, milde ausgedrückt, für ein verkommenes Genie, in Wahrheit für einen halben Taugenichts gilt — englischen Unterricht zu nehmen? Daß sie stundenlang mit ihm zusammensitzt? Daß sie sich unpassende Bücher von ihm bringen läßt? Man muß dann auf Vermuthungen kommen —
Johanna.
„Man" — Wer ist „man"?
Julie.
Die Welt.
Johanna.
Ah so — die Welt. Kommt nur darauf an, ob man danach fragt, was die Welt vermuthet.
Julie.
Die Welt war noch immer stärker als der Einzelne, und für jeden kommt einmal die Stunde, da er sehr ernstlich nach ihr fragt.

Johanna.

Nun, so sage denn den Leuten, die Dich wegen der Sünden Deiner Nichte ins Gebet nehmen, daß sich dieses Fräulein von Steinberg von dem armen Herrn Westerholz Bücher bringen läßt, weil in dem Hause der reichen Steinbergs schmachvoller Weise keine Bücher sind! Daß dieses Fräulein von Steinberg so unschicklich ist, bei dem Herrn Westerholz — der übrigens kein Taugenichts ist, das sage Du den Leuten gefälligst auch — Unterricht zu nehmen, weil sie den geschmacklosen Wunsch hat, etwas zu lernen! O, ich wollte, ich wäre arm, dann müßte ich zu meinem Lebensunterhalte etwas lernen und hätte eine Pflicht, zu thun, wozu man mir jetzt nicht einmal das Recht gewähren will.

Julie.

Sprich nicht so gotteslästerlich und thöricht. Nur weil Du reich bist, läßt man Dir noch Deine Launen durch.

Vierter Auftritt.

Arthur (kommt durch die Gartenthür, in eine Zeitung vertieft). Hinter ihm **ein Diener** (mit anderen Zeitungen).

Arthur
(zum Diener).

Sind Sie bei Herrn Justizrath Stich gewesen? Kommt er?

Diener
(ist nach vorn links getreten und hat die Zeitungen auf den Tisch gelegt).

Herr Justizrath haben Termin auf dem Gericht; ich habe die Bestellung in seiner Wohnung hinterlassen.

Arthur.

Gehen Sie hinüber auf das Gericht, suchen Sie ihn auf und sagen Sie ihm, sobald seine Zeit erlaubt, ließe ich ihn bitten.

Diener.

Sehr wohl. (Ab durch die Gartenthür.)

Julie.

So wichtige Geschichten, Arthur?

Arthur
(jetzt sich vorn links).

Ja — ich muß mit ihm über unsere Bank sprechen; Du weißt ja, es fangen alberne Gerüchte an umherzuspuken, und dabei gehen die Course in einer Weise herunter — jede Zeitung ist eine Verlustliste. (Vertieft sich in die Zeitung.)

Julie.
Arthur ist beschäftigt; wir wollen ihn nicht stören, Johanna; komm. (Wendet sich zum Abgehen nach rechts.)

Johanna.
Ich habe Dir etwas abzugeben, Arthur. (Giebt ihm Edmunds Brief.)

Arthur.
Ein Brief! (Besieht den Brief.) Eine ganz unbekannte Handschrift?

Johanna.
Er ist von Herrn Westerholz.

Julie
(kehrt zurück).

Was soll das heißen?

Johanna.
Daß Herr Westerholz mich bat, Arthur diesen Brief zuzustellen.

Julie.
Das ist unerhört! Ich muß Dich nachher unter vier Augen sprechen, Arthur. (Ab nach rechts.)

Arthur
(zu Johanna).

Leg' ihn nur auf meinen Tisch.

Johanna.
Soviel ich weiß, ist der Brief von großer Wichtigkeit für Herrn Westerholz.

Arthur
(sieht sie einen Augenblick überrascht an).

So? Weißt Du das?

Erster Akt.

Johanna.
Ich wollte Dich nur bitten, denke daran, wenn Du den Brief liesest.

Arthur.
Das klingt ja wirklich, daß man denken könnte — nun, laß nur gut sein, ich werde ja sehen.

(Johanna ab nach links).

Arthur.
Ein phantastischer Kopf, diese gute Johanna; möchte wissen, wo sie das her hat. In der Familie liegt es doch nicht; man sehe Tante Julie. (Er vertieft sich in die Zeitung.)

Fünfter Auftritt.

Steubel, Moorsberg (erscheinen in der Gartenthür).

Steubel.
Man sagt, daß Sie einen Negersclaven zur Bedienung haben; ist das wahr, Baron?

Moorsberg.
Nein. Uebrigens bin ich nicht Baron; ich habe es Ihnen schon mehrmals gesagt.

Steubel.
Façon de parler. — (Zeigt auf Arthur.) Aber nun sehen Sie diesen Menschen: da sitzt er und lernt den Courszettel auswendig. Holla, Arthur — weißt Du nicht: „Ein Mensch, der speculirt" — wie geht's doch weiter, Baron?

Moorsberg.
Wer einen Satz anfängt, muß ihn auch zu Ende sprechen.

Athur
(blickt auf und erhebt sich).

Ah — wen bringst Du mir da, Steubel?

Steubel
(verstellend).

Herr Victor von Moorsberg, ehemals Weltumsegler, jetzt Einsiedler — Herr Arthur von Steinberg, ehemals Sportsman, jetzt Börsenjobber.

Moorsberg.

Verzeihen Sie diesen Ueberfall, Herr von Steinberg, Herr von Steudel hier sagte mir von einer Victoria Regia, die in Ihrem Garten blühe.

Arthur.

In meinem Garten? Ah, das ist wieder einer von den Scherzen unseres Steudel; nein, Herr von Moorsberg, damit kann ich leider nicht aufwarten; indessen hoffe ich, Sie machen gute Miene zum bösen Spiel und lassen es sich auch ohne eine solche bei mir gefallen! Seien Sie mir willkommen!

Moorsberg
(zu Steudel).

Also ganz einfach eine — Mystification.

Steudel.

Dank' Ihnen, das ist eine diplomatische Umschreibung für „Schnurre". Indessen garantire ich Ihnen die Victoria Regia. Arthur kennt sein Inventar weniger als ich.

Moorsberg.

Aber ich sehe, Herr von Steinberg, daß wir Sie in Ihrer Korrespondenz unterbrechen; sie haben dort einen uneröffneten Brief.

Arthur.

Ah — das wird nichts Wichtiges sein.

Moorsberg.

Nein, ich bitte dringend, lassen Sie sich nicht stören.

Arthur.

Nachher — nachher.

Steudel.

Lies den Brief, Arthur, Du kennst den Baron nicht; er spricht kein Wort, sage ich Dir, bis Du gelesen hast.

Arthur.

Dann bitte ich einen Augenblick zu entschuldigen. (Er nimmt einen Papierschneider, öffnet den Brief und beginnt für sich zu lesen.)

Moorsberg

(tritt an den Tisch im Hintergrunde und nimmt eine Photographie, die er aufmerksam betrachtet; halb unterdrückt).

Ah —

Steudel

(tritt zu ihm heran, besieht das Bild).

Ach so.

Moorsberg

(legt das Bild fort; leise).

Was wünschen Sie?

Steudel (ebenso).

Interessantes Mädchen, nicht wahr? diese Johanna von Steinberg? Aber ein Blaustrumpf. Schade.

Sechster Auftritt.

Julie (kommt von rechts).

Steudel
(ihr entgegen).

Ah — die gnädige Tante! Erlauben Sie, daß ich Ihnen Herrn von Moorsberg vorstelle. (Leise.) Na? habe ich Wort gehalten?

Julie.

Wie erfreut ich bin, einen Herrn kennen zu lernen, der so hochinteressante Reisen gemacht haben soll?

Moorsberg.

Ich glaube, mein gnädiges Fräulein, daß das Gerücht meinen Reisen viele Meilen zugelegt hat.

Julie.

Man erzählt von Löwen= und Tigerjagden? Mein Gott, wenn man solche Thier eim Zoologischen Garten nur ansieht —

Steudel.

Der Baron hat ein Löwenfell vor seinem Schreibtisch und ein Tigerfell vor seinem Kamin liegen. Den Löwen hat er mit einem Schuß in's rechte, den Tiger mit einem Schuß in's linke Auge erlegt — ist es wahr, Baron?

Moorsberg.

Nein!

Arthur
(vom Briefe aufblickend).

Ist es denn wirklich wahr, daß solch ein deutscher Gelehrter absolut ein Querkopf sein muß? Welcher Unsinn steht in diesem Briefe.

Julie.

Der Brief jenes Westerholz?

Steudel.

Ein Brief von Columbus? Vortrefflich! Was schreibt er? Will er Dich anborgen?

Arthur.

Errathen. Eine Anleihe in optima forma.

Steudel.

Also das verstehen die Gelehrten auch?

Siebenter. Auftritt.

Johanna (erscheint, von den übrigen nicht bemerkt, in der Gartenthür).

Arthur.

Ja, lieber Steudel, du borgst für Austern und Sect, Herr Westerholz borgt für ideale Zwecke. Hören Sie!

Johanna
(tritt heran).

Dieser Brief war für Dich bestimmt, mein Bruder.

Julie
(tritt zu ihr; halblaut).

Johanna!

Arthur.

Ganz recht, liebe Schwester, darum glaube ich das Recht zu haben, nach meinem Ermessen darüber zu verfügen. Uebrigens erlaubst Du wohl zunächst, daß ich Dir Herrn von Moorsberg vorstelle.

Erster Akt.

Johanna.
Aber ich kann nicht glauben, daß es diese fremden Herren interessiren sollte —

Steudel.
Ah, mein gnädiges Fräulein, Sie trauen uns zu wenig Sinn für die Wissenschaft zu. (Leise zu Moorsberg.) Passen Sie auf, das giebt 'nen Hauptspaß; sie ist im Stande und nimmt für den verrückten Schulmeister Partei.

Arthur.
Kund und zu wissen also, meine Herren, daß in Assyrien —

Steudel.
In Assyrien? Das ist ein bischen weit.

Moorsberg.
Ich möchte Sie bitten, Herr von Steinberg, uns den Inhalt des Briefes nicht mitzutheilen. Offenbar ist es Ihrer Fräulein Schwester unangenehm.

Julie.
Herr von Moorsberg, meiner Nichte ist dieser Brief selbstrebend ganz ebenso fremd und gleichgültig wie Ihnen und uns.

(Moorsberg verneigt sich schweigend.)

Arthur.
Daß in Assyrien also ein Schatz verborgen liegt, denn so sagt Westerholz, also muß es so sein.

Steudel.
Gold? Silber? Werthpapiere?

Arthur.
Nein, nicht so profan, lieber Steudel, sondern mehrere Tausend zerbrochene Thontafeln mit darauf gekritzelter Keilschrift.

Steudel.
Für die Art von Schatz müssen wir freilich danken; nicht wahr, Moorsberg?

Moorsberg.
(finster).
Man kann nicht wissen.

Arthur.
O, Herr Westerholz weiß ganz genau, nicht nur, daß die Tafeln da sind, sondern auch, daß er sie entziffern und der assyrischen Geschichte eine ungeheure Bereicherung schaffen wird.

Steudel
(lachend).
Assyrische Geschichte! Heutzutage! Ausgezeichnet!

Johanna.
Haben Sie sich mit der assyrischen Geschichte beschäftigt, Herr von Steudel? Kennen Sie sie?

Steudel.
Nein, Gott soll mich bewahren, mein gnädiges Fräulein.

Johanna.
Ich glaubte, weil Sie lachten. Denn ich konnte nicht denken, daß man über eine Sache lacht, von der man nichts versteht!

Steudel
(sie dumm erstaunt ansehend).
Ah — (zu Moorsberg.) Was dieser Blaustrumpf für spitze Nadeln führt.

Moorsberg.
(zu Steudel).
Ich würde mich in Ihrer Stelle als abgeführt betrachten und empfehlen.

Arthur.
Du wirst beinah eifrig, meine Liebe. Soviel verstehen wir wohl Alle von der Sache, daß der Gedanke, ich solle die Mittel für diese Entdeckung hergeben und mich aus ihren zu erwartenden Erfolgen bezahlt machen, doch mehr als abenteuerlich ist. Was sagen Sie, meine Herren?

Moorsberg
(erregt).

Ich sage, daß dieser Herr — Westerholz war ja wohl der Name — Ihnen jedenfalls ein Zeichen seines Vertrauens gegeben hat (zu Johanna gewandt) und daß ich es beklage, Fräulein von Steinberg, unfreiwilliger Zeuge gewesen zu sein — daß dies Vertrauen — verletzt ward. (Er greift nach dem Hute.)

Arthur
(auffahrend).

Was ist das?

Moorsberg.

Ich habe die Ehre, mich zu empfehlen. (Leise zu Steubel.) Kommen Sie — worauf warten Sie noch?

Steubel
(ebenso).

Aber, Moorsberg —

Moorsberg.

Merken Sie denn nicht, daß wir hier überflüssig sind? Kommen Sie.

Steubel
(laut).

Ah, Baron, das müssen Sie mir erzählen! (Greift zum Hute.) Auf Wiedersehen, meine Herrschaften.

(Moorsberg, Steubel durch die Gartenthür ab.)

Arthur
(aufgeregt auf- und abgehend).

Das war eine Beleidigung, was dieser Moorsberg sagte, und ebenso beleidigend war die Art, wie er sich empfahl.

Johanna.

Nein, sondern es war die Wahrheit!

Arthur.

Johanna!

Julie.

Ich freue mich für meinen seligen Bruder, daß er solche Dinge nicht mehr an seiner Tochter erlebt! Eine solche Scene vor diesen fremden Herren! Es ist nicht dagewesen! In Gegenwart dieses Steudel, der größten Lästerzunge der Stadt; der Skandal ist fertig.

Johanna.

Liebe Tante, wir sprechen, denke ich, von ernsthaften Sachen.

Arthur.

Glaubst Du, es sei für uns zum spaßen, wenn die Menschen morgen mit Fingern auf Dich zeigen?

Johanna.

Was sagst Du?

Julie.

Daß heute Abend Herr von Steudel seinem Klub als neuestes pikantes Ereigniß auftischen wird, daß zwischen Fräulein von Steinberg und Herrn Westerholz ein Verhältniß besteht, daß morgen die Geschichte die Runde durch alle Kreise macht und daß wir übermorgen unmöglich für die Gesellschaft sind.

Johanna.

Und wenn das Alles so kommt, wer trägt die Schuld?

Julie.

Wer?

Arthur.

Du!

Johanna.

Nein Du, Arthur; in dessen Seele ich mich geschämt habe, daß es mein Bruder war, der so unritterlich, so niedrig zu handeln im Stande war!

Arthur.

Es wird nachgerade allerliebst! Dieser alberne verwünschte Zettel. (Wirft wüthend den Brief zur Erde.)

Johanna.

Du wirfst den Brief, den er Dir schrieb, fort: soll das bedeuten, daß Du auf seinen Antrag nicht eingehst?

Arthur.

Ich will mich selbst unter Curatel stellen lassen, wenn ich das thue! Hat unser Vater das Vermögen, das wir jetzt genießen, mühselig erworben, oder hat er es am Wege gefunden, daß ich zehntausend Thaler davon nehmen und in ein Unternehmen stecken soll, das der offenkundige Wahnsinn eingegeben hat?

Johanna.

Es war freilich thöricht, daß ich einen Augenblick glauben konnte, Du würdest den Gedanken dieses Mannes verstehen. Du willst ihm das Geld nicht geben — gut, so werde ich es thun.

Arthur und Julie.

Du?

Johanna.

Ja, ich!

Julie.

Johanna, bist Du bei Sinnen?

Johanna.

Vollkommen.

Arthur.

Weißt Du nicht, daß unser Vermögen noch ungetheilt in der Bank liegt?

Johanna.

So wird es getheilt werden und ich werde meinen Antheil herausnehmen.

Arthur.

Tante Julie, was soll man dazu sagen?

Julie.

Was man dazu sagen soll? Gar nichts, sondern lachen. Du scheinst zu vergessen, mein gutes Kind, daß Du noch gar nicht über Dein Vermögen verfügen kannst; Du stehst unter Vormundschaft.

Johanna.

Das ist wahr; aber ich werde mit dem Vormunde reden.

Julie.

Thu' das; Justizrath Stich wird auch gerade bereit sein, auf Deine Abgeschmacktheiten einzugehen.

Achter Auftritt.

Diener
(meldet).

Herr Justizrath Stich ist soeben gekommen.

Arthur.

Nur gleich herein.

Neunter Auftritt.

Stich (durch die Gartenthür zu den Vorigen).

Arthur.

Mein lieber Herr Justizrath, Sie kommen in die aben=teuerlichste Situation, die Sie gewiß in diesem Hause noch erlebt haben.

Stich.

Was giebt es? Ihr Diener, meine Damen!

Arthur
(hebt den Brief auf).

Zunächst diesen Brief. Lesen Sie ihn und sagen Sie mir dann, bitte, unparteiisch, wie Sie als Geschäftsmann darüber urtheilen.

Johanna.

Nicht als Geschäftsmann, sondern als Mensch.

Stich.

Mein liebes Fräulein, das geht beides sehr wohl zu vereinigen. (Liest mit Aufmerksamkeit den Brief.)

Arthur.

Nun?

Stich.

Wer hat den Brief geschrieben?

Arthur.

Ein junger Gelehrter; den Namen ersehen Sie aus der Unterschrift.

Stich.

Der Verfasser dieses Briefes leidet an der Krankheit unserer Zeit, am Größenwahnsinn.

Johanna.

Wie können Sie das sagen, Herr Justizrath! Sie kennen den Mann nicht.

Stich.

Aber, bestes Fräulein, was haben Sie denn mit dem Manne zu thun?

Julie.

Leider mehr, als Sie glauben können, mein bester Herr Justizrath.

Arthur.

Hören Sie, aber lachen Sie, bitte, nicht zu sehr: das Geld, um das ich hier in so naiver Weise angeborgt werden soll und das ich sonderbarer Weise nicht gesonnen bin herzugeben, will meine Schwester Johanna, Ihr Mündel, aus ihrem Vermögen für Herrn Westerholz vorschießen. Was sagen Sie?

Stich.

Ah — ist ja ganz unglaublich.

Johanna.

Nein, es ist wie mein Bruder Ihnen sagt. Ich bitte Sie, mein Vermögen aus der Bank zu nehmen und mir die Summe von zehntausend Thalern daraus zu bewilligen.

Stich.

Für diesen Herrn Westerholz? Und für dieses Unternehmen?

Johanna.

Dafür; allerdings.

Stich.

Sie sind aufgeregt, liebes Kind; ich denke, wir überlegen es uns bis morgen.

Johanna.

Seien Sie überzeugt, daß ich morgen ebenso fest entschlossen sein werde wie heute.

Stich.

Das heißt die Phantasterei doch aber wirklich etwas weit treiben.

Johanna.

Ich begreife, daß Sie erstaunt sind über das Interesse, das ich an dieser Sache nehme und verkenne Ihr Recht durchaus nicht, eine Erklärung darüber zu erhalten, gut, die will ich Ihnen geben und Ihnen besonders gern, da Sie ein Mann von grauem Haar sind.

Stich.

Darum gerade? Wie soll ich das verstehen?

Johanna.

Weil es ein sonderbares Zeichen unserer Zeit ist, daß die Männer mit grauen Haaren heutigen Tages weniger nüchtern denken und fühlen, als die jungen Männer.

Stich
(lächelnd).

Für dies Kompliment muß ich wohl zunächst danken.

Johanna.

Seien Sie, bitte, ernst, denn ich versichere Ihnen, daß es mir bitterer Ernst ist mit dem, was ich zu sagen habe. Ja, diese jungen Männer unserer Zeit, diese sogenannten jungen Männer, sie sind ein Geschlecht ohne Phantasie, ohne Ueberzeugung, ohne Glauben an eine andere Macht als die des Geldes, ohne Sehnsucht nach etwas anderem, als dem rohen Genuß; finstere Streber vom Augenblicke an, da sie zu lernen beginnen, rücksichtslose Stellenjäger vom Augenblicke an, da sie zu lernen aufhören; kalt geworden und nüchtern, ohne je warm gewesen zu sein; hohnlachend über die schöne Trunkenheit, mit der ein begeisternder Gedanke das Herz des Menschen erfüllt —

Arthur.

Wie lange gedenkst Du uns mit diesen Deklamationen noch zu langweilen.

Johanna.

Wohlan denn, unter diesen Menschen des berechnenden Eigennutzes ist mir ein Mann entgegengetreten, der nicht eigennützig ist; unter diesen Strebern und Stellenjägern ein Mann, der nicht nach Amt und Brod haschte, weil ihm das schöne Drängen eines großen Gedankens dazu nicht Ruhe ließ.

Stich.

Und dieser Mann —

Johanna.

Ist der, dessen Gedanken mein Bruder mit seinen Freunden verhöhnt.

Stich.

Herr Westerholz?

Johanna.

Allerdings. Und weil er arm ist und man nun einmal nicht arm sein darf, um etwas Großes zu erreichen heutzutage, und weil wir, wie Sie wissen, reich sind und weil ich so ketzerisch bin zu glauben, daß dies Zeug, das man Geld nennt, erst geadelt wird dadurch, daß man es für etwas Großes und Schönes verwendet, so habe ich den Entschluß gefaßt, den Sie kennen. Sie haben nun meine Gründe gehört, mein Herr Vormund; Sie wissen, daß mein Bruder sich weigert, der Bitte des Herrn Westerholz nachzukommen; ich frage Sie daher noch einmal, wollen Sie mir das Geld aus meinem Vermögen bewilligen?

Stich.

Nein!

(Arthur und Julie sehen sich lächelnd an.)

Johanna.

Ist das Ihr letzter unwiderruflicher Entschluß?

Stich.

Auf die Gefahr hin, von Ihnen für einen ganz nüchternen, niedrig gesinnten Mann gehalten zu werden, das ist mein letzter unwiderruflicher Entschluß.

(Pause.)

Johanna.

Wohlan — so werden Sie mir erlauben, auch meine Entschlüsse zu fassen.

(Vorhang fällt.)

Ende des ersten Aktes.

Zweiter Akt.

Dieselbe Scene.

Erster Auftritt.

Julie. Arthur.

Julie.

Du willst also selbst mit ihm sprechen?

Arthur.

Er wird herkommen, sich wegen seines Briefes Bescheid zu holen; bei der Gelegenheit macht es sich ja ganz von selbst.

Julie.

Aber ich kann mich darauf verlassen, daß Du so mit ihm sprechen wirst, daß er sich nicht wieder in unser Haus wagt?

Arthur.

Die Stunde, die er Johanna gestern gegeben hat, soll die letzte gewesen sein; verlaß Dich darauf.

Julie.

Ich habe keine Ruhe, bis daß ich unser Haus sicher weiß vor diesem Menschen. Jedenfalls soll sie nicht hier sein, wenn er kommt; ich nehme sie mit zur Promenade. (Ab nach links.)

Arthur.

Viel wichtiger als alles das wäre es mir zu wissen, wie es mit der Bank steht.

Zweiter Auftritt.

Steubel
(blickt vorsichtig durch die Gartenthür).

Ist heute wieder Frieden bei Euch? Darf man ohne Gefahr herein?

Arthur
(lachend).

Wenn Du Dich erst so weit gewagt hast, bleibt Dir doch kein anständiger Rückzug möglich, also komm' nur ganz herein.

Steubel
(tritt ein).

Bon jour. Das ging ja gestern heiß her bei Euch.

Arthur.

Ich fürchte nur, daß Du die Rolle des Kriegskorrespondenten gespielt und den Kampf getreulich und schleunigst den Deinigen berichtet hast?

Steubel.

Bah — bah — Kriegskorrespondenten sind neutral; war ich das? Dein Fräulein Schwester betrachtete mich jedenfalls als kriegführende Partei und hat mir allerliebste Stiche zu Theil werden lassen.

Arthur.

Ach, thu' mir den Gefallen und laß die dumme Geschichte.

Steubel.

Ganz mein Fall. Ich komme auch in höchst friedlichen Absichten, gewissermaßen als Parlamentär.

Arthur.

Von wem?

Steubel
(betrachtet Johannas Bild).

Weißt Du, wer das Bild hier gestern ansah?

Arthur.

Wer?

Steudel.
Wer es mit großem Interesse ansah?

Arthur.
Nun, wer?

Steudel.
Er — der steinerne — Gast — das große X — der Einsiedler —

Arthur.
Moorsberg?

Steudel.
Victor von Moorsberg. Arthur — die Berge kreißen —

Arthur.
Was — meinst Du in aller Welt?

Steudel.
Daß Ihr Euch darauf gefaßt zu machen habt, daß Moorsberg heute noch, heute Vormittag noch bei Euch erscheint und nach allen Regeln der Kunst um Deine Schwester anhält.

Arthur.
Alle Tausend!

Steudel.
Hast Du denn gestern nicht bemerkt, wie dieser steinerne Gast plötzlich Feuer fing? Wie ihm, der sonst nicht drei Worte hintereinander spricht, die Zunge plötzlich losbrannte?

Arthur.
Gewiß, gewiß; denn er wurde sogar grob gegen mich.

Steudel.
Man könnte es beinahe so nennen; aber wegen solcher Bagatellen nur keinen Trara. Auch mich schnauzte er an, als ich nicht sofort bemerkte, daß er sich entfernen wollte und mich gleichfalls hinaus wünschte.

Arthur.
Ja, ja, ich erinnere mich.

Steubel.

Und weiß der Kuckuck; ich bin doch sonst nicht gerade auf den Mund gefallen, aber wenn einen dieser Mensch mit seinen Telleraugen so in gewissen Momenten ansieht, kommt man sich unglaublich albern vor!

Dritter Auftritt.

Diener
(meldet).

Herr von Moorsberg.

(Arthur und Steubel sehen sich an.)

Arthur.

Lasse bitten.

(Diener ab.)

Steubel.

Hm??

Vierter Auftritt.

Moorsberg
(durch die Gartenthür, geht auf Arthur zu und reicht ihm die Hand).

Ich habe Sie um Verzeihung zu bitten, Herr von Stein=
berg —

Arthur.

Ich bitte Sie —

Moorsberg.

Ja, ich wurde gestern heftig gegen Sie und bedauere das herzlich — aber ich hoffe, Sie lassen mir Verzeihung angedeihen, wenn Sie — wenn Sie erfahren — für wen — (mit lauter Stimme, auf Steubel blickend) aber das möchte ich Ihnen gern allein sagen.

Steubel
(nimmt den Hut auf).

Ah so — Du sollst ja prachtvolle Tulpen in Deinem Garten haben, Steinberg; ich werde mal ein wenig daran riechen gehen. (Ab durch die Gartenthür.)

Arthur
(ſetzt ſich, Moorsberg desgleichen).

Alſo davon kein Wort weiter, wenn ich bitten darf, Herr von Moorsberg; ich vermuthe, daß Sie nicht deshalb allein —

Moorsberg.

Nein allerdings, keineswegs nur deshalb — nein — ich muß Ihnen ſagen — (Springt auf und geht aufgeregt hin und her.) Waren Sie je in Arabien, Herr von Steinberg?

Arthur
(erſtaunt lächelnd).

In Arabien?

Moorsberg.

Haben Sie es je mit angeſehen, wenn einem arabiſchen Pferde — verſtehen Sie mich recht — einem echten, dort im Herzen der Wüſte geborenen arabiſchen Pferde zum erſten Male der Zaum angelegt wird?

Arthur.

Nein, ich war nie dort.

Moorsberg.

Aber ich, ich bin dort gereiſt, ich habe es geſehen; und ich ſage Ihnen, man muß das geſehen haben, um zu ahnen, welch' ein Anblick das iſt; wie es daſteht, das herrliche Geſchöpf der Natur, jede Sehne zitternd unter dem Ungeſtüme des feurigen Herzens, die Adern auf- und niederwogend unter den ſtürmenden Wellen des edelſten Blutes, das große Auge flammend von ſprühendem Zorn und doch ſo ganz ohne Wildheit, ſolch eine Fülle von Sanftmuth in ſeinen Tiefen, man muß es gehört haben, wie es den Nacken emporwirft und zum Himmel wiehert, als wollte es Gott, den Erſchaffer ſeiner Schönheit, zum Zeugen anrufen der Gewalt, die man ſeinem Liebling thut — ich habe es geſehen, Herr von Steinberg, habe es gehört — und ich ſagte mir, du wirſt nie wieder den Adel der Schöpfung in ſolchem Bilde genießen —

Arthur.

Aber ich geſtehe Ihnen, daß ich nicht recht begreife —

Zweiter Akt.

Moorsberg.

Warum ich Ihnen alles das sage — ich verstehe. Nun denn, mein Herr, seit gestern denke ich nicht mehr so, denn gestern habe ich ein Schauspiel erlebt, das mich an jenes köstliche Bild erinnerte — nein — das mehr, das schöner, weit schöner war als jenes —

Arthur.

Gestern?

Moorsberg.

Ja — und hier — an dieser Stelle, wo sie stand, Ihre Schwester!

Arthur
(erhebt sich).

Meine Schwester. (Lachend.) Dieser Vergleich —

Moorsberg.

Ist sonderbar, nicht wahr? aber es ist gut gemeint! o so gut — ja; als ich sie hier stehen sah in ihrer Schönheit, von der sie selbst nichts ahnte, sie sprechen hörte, hingerissen von dem Zorne ihrer edlen Seele — o mein Herr — als ich mir in dem Augenblicke sagte, daß es einem Manne vergönnt sein sollte, diese Gestalt in seinen Armen zu halten, sie an sich zu drücken, fest, fest, so daß man dieses Herz an dem seinigen pochen fühlt; mit dieser Seele zusammen sein, verkehren zu dürfen täglich, stündlich, immer und immerdar; sagen zu dürfen, dieser Inbegriff alles Entzückens, — dieses Weib ist dein! o, mein Herr, ich weiß, daß ich ihrer nicht würdig bin, aber sagen muß ich es Ihnen, daß ich Ihre Schwester tief, leidenschaftlich, inbrünstig liebe!

Arthur
(streckt ihm beide Hände entgegen).

Mein lieber Herr von Moorsberg —

Moorsberg.

Was sagen Sie dazu? Was sagen Sie?

Arthur.

Daß ich Sie von Herzen willkommen heiße als Bruder.

Moorsberg.

O, das ist recht von Ihnen! (Er fällt Arthur um den Hals und küßt ihn.)

Arthur
(lächelnd).

Ihre Freunde nennen Sie den steinernen Gast. Sie scheinen Sie nicht ganz gekannt zu haben.

Moorsberg.

Meine Freunde? Ich habe sehr wenig Freunde — nun sagen Sie mir, bitte, kann ich Ihre Schwester sprechen?

Arthur.

Wünschen Sie es sogleich?

Moorsberg.

Gewiß; jede Secunde, die ich zubringe, ohne ihr Alles gesagt zu haben, was ich für sie empfinde, dünkt mich ein leerer Tag.

(Arthur klingelt.)

Fünfter Auftritt.

Diener (erscheint in der Gartenthür).

Arthur.

Sind die Damen noch zu Hause?

Diener.

Sind soeben zur Promenade ausgegangen. (Ab.)

Arthur.

Das bedauere ich; Sie müssen sich also schon ein Weilchen gedulden.

Moorsberg.

Ob der Spaziergang lange dauern wird?

Arthur.

O, ich glaube nicht.

Zweiter Akt.

Moorsberg
(greift nach dem Hute).

Ich bin jetzt doch zu vernünftiger Unterhaltung unfähig; ich werde wiederkommen.

Arthur
(lächelnd).

Kommen Sie wieder; ich werde Sie durch den Garten begleiten —

Moorsberg.

Weil Sie fürchten, daß ich den Weg verfehle. Ja, lächeln Sie nur — der Narben lacht, wer Wunden nie gefühlt.

Sechster Auftritt.

Diener.
(meldet).

Herr Westerholz.

Arthur.

Ah — der, dann müssen Sie schon ohne mich gehen. Lasse bitten.
(Diener ab.)

Moorsberg.

Herr Westerholz? Der Mann, von dem gestern —

Arthur.

Ganz recht, von dem gestern die Rede war.

Siebenter Auftritt.

Edmund Westerholz (tritt durch die Gartenthür auf). Moorsberg (sieht ihn einen Augenblick scharf an, dann geht Moorsberg, sich mit ihm begrüßend, durch die Gartenthür ab).

Arthur.

Sie kommen Ihres Briefes wegen, Herr Westerholz, nicht wahr?

Westerholz.

Ja, Herr von Steinberg.

Arthur
(setzt sich vorn links).

Ja — Ihr Brief. Hm, hm — Ihr Brief (kramt unter den Zeitungen) wo ist er denn hingekommen? Hier, — bitte, nehmen Sie doch Platz. Verzeihen Sie, ich vergaß, Sie sind Lehrer?

Westerholz
(setzt sich).

Allerdings.

Arthur.

An welcher Schule unterrichten Sie doch gleich?

Westerholz.

An welcher? Vorläufig an keiner.

Arthur.

So — das heißt, Sie sind ohne feste Anstellung?

Westerholz.

Ich glaubte, daß Sie das wüßten.

Arthur.

Herr Westerholz, Sie haben mir durch Ihren Brief Vertrauen erwiesen; wollen Sie mir eine Frage im Vertrauen erlauben?

Westerholz.

Jede, welche Sie wollen.

Arthur.

Weshalb sind Sie ohne Anstellung?

Westerholz.

Weshalb?

Arthur.

Ja. Was hat Sie verhindert, eine solche zu erwählen?

Westerholz.

Sie haben meinen Brief gelesen, Herr von Steinberg?

Arthur.

Freilich. Warum fragen Sie?

Zweiter Akt.

Westerholz.

Weil ich glaubte, daß er die Antwort auf diese Ihre Frage enthielte.

Arthur
(nach einer kurzen Pause).

Ist es Ihnen denn wirklich Ernst mit dem, was Sie mir in dem Briefe schreiben?

Westerholz.

Wie soll ich das verstehen?

Arthur.

Macht Ihnen denn Ihr sogenannter Plan nicht selbst einen sehr ungeheuerlichen Eindruck?

Westerholz.

Dieser Plan, von dem ich Ihnen schrieb, daß er der alleinige Gegenstand meiner Gedanken, das Ziel meines Lebens ist, für welches ich Stellung und Sicherheit der Existenz opferte?

Arthur.

Aufrichtig gesagt, das ist es ja eben, was ich bedauere. Warum verbeißen Sie sich — ich finde wirklich keinen anderen Ausdruck — mit aller Gewalt auf eine Idee, die doch, milde ausgedrückt, mehr als phantastisch ist.

Westerholz
(steht auf).

Und das ist die Anschauung, die Sie durch meinen Brief von meinem Plan gewonnen haben?

Arthur.

Behalten Sie doch Platz und lassen Sie uns die Sache in Ruhe besprechen; Sie können doch unmöglich erwarten, daß ein Jeder gleich mit derselben Leidenschaftlichkeit auf Ihre Gedanken eingeht, wie Sie selbst.

Westerholz
(setzt sich wieder).

O nein, gewiß nicht.

Arthur.

Sie fordern von mir ein nicht unbedeutendes Kapital. Ich will nicht davon sprechen, daß das in heutiger Zeit an sich schon viel verlangt heißt, selbst wenn die Rentabilität des Unternehmens garantirt ist, — wer aber bürgt mir dafür, daß das Geschäft, welches Sie mir vorschlagen —

Westerholz.

Ein Geschäft? Ich schlage Ihnen ein Geschäft vor?

Arthur.

Ich setze als selbstredend voraus, daß ein Mann, der über Geldangelegenheiten verhandelt, einen vernünftigen Standpunkt zur Sache einnimmt. Wir wollen also annehmen, daß Sie wirklich die Bibliothek Ihres Königs Wiswamithra oder wie er sonst heißen mag, auffinden und tadellos zurecht legen; was nun weiter: Sie müssen Ihren Fund doch nutzbar machen. Dazu brauchen Sie einen Buchhändler, der die Sache übernimmt. Glauben Sie, daß Sie einen solchen finden? Ich gebe Ihnen mein Wort, Sie finden keinen. Wer in aller Welt hat heute Zeit, sich mit den alten Assyriern zu beschäftigen?

Westerholz.

Wer? Die Wissenschaft!

Arthur.

Die Wissenschaft; das ist auch so Eines von den Schlagworten, mit denen sich so herrlich streiten läßt und mit denen man lauter Lufthiebe thut. Die Wissenschaft, mein lieber Herr, ist nicht mehr die kalte Göttin, die unnahbar über den Menschen schwebt, sie ist herabgestiegen aus ihrer frostigen Einsamkeit und eine praktische Mitarbeiterin am öffentlichen Leben geworden. Und so, glauben Sie mir, wird es bleiben.

Westerholz
(steht auf, ihn voll Hohn anblickend).

Und mit dieser Feuilletonweisheit glauben Sie nun einen famosen Trumpf ausgespielt zu haben, nicht wahr?

Arthur.

Was erlauben Sie sich?

Zweiter Akt.

Westerholz.

Ich erlaube mir, Ihnen zu sagen, daß Sie über eine Sache urtheilen, von der Sie nichts verstehen. O, Ihr praktischen Männer, die Ihr glaubt, mit ein paar Börsenredensarten alle Geheimnisse der Welt enträthselt, alle Tiefen und Höhen ermessen zu haben! die Ihr wagt zu behaupten, die Wissenschaft sei keine Göttin mehr, weil Ihr Hunderte von ihren Aposteln bestochen habt mit Eurem schmutzigen Metall! Ja, mein Herr, sie ist eine Göttin, und wer ihr nicht dient um ihrer selbst willen, der sei verdammt, wenn er es wagt, sich einen Mann der Wissenschaft zu nennen.

Arthur.

Und zu diesen letzteren gehören natürlich Sie.

Westerholz.

Ja, bei Gott, in Hunger und Entbehrung habe ich mir diesen Namen erworben.

Arthur.

Ich bedaure, daß Sie aus einer Sache, die zur Comödie angelegt war, mit Gewalt eine Tragödie machen wollen. Wenn denn Ihre Wissenschaft eine Göttin ist, so wünsche ich, daß sie an Ihnen zuerst ein Wunder thue und Sie sättige.

Westerholz.

Auf diese feine Wendung war ich allerdings bei einem Herrn von Steinberg nicht gefaßt. Ich erkläre mich für besiegt. Bitte, geben Sie mir meinen Brief zurück.

Arthur.

O, es war nicht in der Absicht gesagt, Sie zu kränken, — ich weiß sehr wohl, daß ein Mann von Ihrem Geiste sich durch das Fehlschlagen einer Hoffnung nicht wird entmuthigen lassen —

Westerholz.

Bitte, lassen Sie das. Ihnen ist wohl noch keine langgehegte große Hoffnung zerschlagen worden? Sonst würden Sie wissen, daß es in solchen Stunden nichts Kränkenderes giebt, als einen seichten Trost.

❋ **Die Herrin ihrer Hand.** ❋

Arthur
(überreicht ihm den Brief).

Hier ist der Brief. Und nun noch Eins — ich glaube, daß meine Schwester die englische Sprache jetzt zur Genüge beherrscht —

Westerholz.

Ganz meine Ansicht, und ich verstehe vollkommen. Ich werde Ihrer Fräulein Schwester keinen Unterricht mehr ertheilen.

Arthur.

Wenn ich Ihnen sonst bei einer anderen Gelegenheit behilflich sein kann —

Westerholz.

Dann werde ich nicht vergessen, wie Sie mir in dieser geholfen haben.

Arthur.

Es thut mir leid, daß wir so scheiden müssen. Adieu!

(Ab nach links.)

Westerholz.

Nun wären wir ja klar und nun kann die Misère beginnen. An der russischen Grenze kündigt die Zeitung ein Nest an, wo sie einen Schulmeister gebrauchen; da können wir uns nun hinsetzen und den Jungen das Einmaleins beibringen. Du alter Gott da oben, der Du einst mit so poetischen Augen auf dies deutsche Volk herabsahst, das so recht nach Deinem Herzen, so reich an Glauben für das Große und Schöne war, Du bist alt geworden und hast geschlafen. Wenn Du aufwachst, wirst Du Dein deutsches Volk nicht wiederfinden. Was ward aus diesen Jünglingen mit der flammenden Begeisterung im Herzen? aus diesen Männern mit dem ernsten, treuen Sinn? Ein Haufe flachherziger, beutelustiger Gründer.

Achter Auftritt.

Johanna (die während der letzten Worte in der Gartenthür erschienen ist).

Johanna.

Beinah ist es ganz so, wie Sie sagten, Herr Westerholz; aber Sie vergaßen, daß es außer Männern auch noch Frauen in Deutschland giebt.

Zweiter Akt.

Edmund.
Ah — Sie sind es, mein Fräulein.

Johanna
(deutet auf den Brief in seiner Hand).
Ich fürchtete wohl, daß mein Bruder —

Edmund.
Ich sagte Ihnen ja im Voraus, daß es mit dem Briefe nichts werden würde — aber daß man solch ein Narr bleibt und sich das Hoffen nicht abgewöhnen kann! Ja, ich hoffte doch wieder, hoffte doppelt seit gestern! Und nun — ich gehe als Schulmeister an die russische Grenze.

Johanna.
Das wird ein trauriges Leben für Sie werden.

Edmund.
Ja, das weiß Gott; aber es ist die Strafe für meine Unvorsichtigkeit, als armer Schelm mit großen Ideen geboren zu sein. Die Hesperidenäpfel wuchsen nur für Herkules, und die herkulischen Kräfte giebt in unserer Zeit nur das Gold! das Gold! Nun leben Sie wohl, mein Fräulein — Sie haben es, glaube ich, besser mit mir gemeint, als alle Anderen — haben Sie Dank dafür.

Johanna
(nimmt ein Buch vom Tische).
Sie brachten mir dieses Buch —

Edmund.
Ah ja — Byrons Gedichte. (Nimmt das Buch in die Hand.) Sie haben Ihnen gefallen; sagten Sie mir nicht so?

Johanna.
Sie haben mir sehr gefallen.

Edmund.
O, dann bitte, behalten Sie sie zum Andenken, wollen Sie?

Die Herrin ihrer Hand.

Johanna
(nimmt das Buch).

Ja, ich nehme es an.

Edmund.

Sie werden darin lesen, und die klagenden Stimmen dieser düsteren Lieder werden Ihnen wie die letzten Seufzer eines verschollenen Mannes ertönen.

Johanna.

Eines verschollenen Mannes.

Edmund.

Ja, ja, eines in trostloser Einöde, in Verzweiflung verschollenen, vom Fieber des unbefriedigten Ehrgeizes verzehrten Mannes! Ihre freundliche Seele kennt dieses Ungethüm nicht, dessen Wolfsrachen mit furchtbaren, reißenden Zähnen das Herz des Mannes zerfleischt! O, so hinuntersteigen zu müssen mit sehenden Augen in das offene hoffnungslose Grab! So die Narrenkappe auf das Haupt gedrückt bekommen und zu wissen, daß man kein Narr ist! O — o — (Er schlägt die Hände vor das Gesicht.) Nein, — ich will nicht, will nicht klagen! Umbringen können sie mich, diese Menschen, aber diese Ehre will ich den Henkern nicht anthun! Leben Sie wohl. (Wendet sich zum Abgehen.)

Johanna.

Aber ich habe Ihnen noch etwas zu sagen, Herr Westerholz.

Edmund.

Sie, mein Fräulein?

Johanna.

Ich sagte Ihnen, daß Sie die deutschen Frauen vergaßen in Ihrer Rechnung.

Edmund.

Ja, ja, das sagten Sie. Aber Sie werden sie nicht finden, glauben Sie mir. Die deutschen Frauen sind ebenso ausgestorben, wie die deutschen Männer.

Johanna.
Aber ich kenne Eine unter ihnen, die an Ihren Beruf glaubt.

Edmund.
Solch Eine kennen Sie?

Johanna.
Die daran glaubt, weil Sie auf Ihre Stirn das Flammenmal geprägt sieht, das der große Geist der Welt seinen Verkündigern, seinen Aposteln aufzeichnet.

Edmund
(sieht sie prüfend an).

Dann sagen Sie dieser Frau, daß ich es beklage, daß sie an mich glaubte. Bis heute dachte ich, daß ich mich allein unglücklich gemacht hätte — nun weiß ich, daß zwei Menschen elend durch mich geworden sind.

Johanna.
Aber Sie sollen nicht elend werden!

Edmund.
Hören Sie auf! Ihre Worte wühlen in meinem Herzen! Mit guten Wünschen baut man kein Menschenglück.

Johanna.
Diese Frau giebt Ihnen mehr als gute Wünsche, sie bietet Ihnen leibhaftige Macht, ganz volle reiche Mittel an —

Edmund.
Fräulein von Steinberg —

Johanna.
Denn das Schicksal setzte sie in die Lage, Ihnen zu sagen, daß, wenn die Männer Sie elend jämmerlich im Stiche lassen, sie, die nichts ist als ein untergeordnetes Weib, Ihnen helfen kann, helfen will —

Edmund.
Zu welchen Gedanken verführen mich Ihre Worte! Diese Frau —

Johanna.

Kennen Sie sie noch nicht?

Edmund.

Sind Sie selbst! O Herr meine Seele!

Johanna.

Wir müssen ruhig bleiben, Herr Westerholz; kalt, ruhig und klug, denn wir haben es mit der Welt zu thun, das bedeutet: mit einem furchtbar ruhigen, kaltblütigen Gegner. Was ich Ihnen zu sagen habe, geht über das Maß hinaus, das man uns Frauen mit dem Worte „Weiblichkeit" vorgeschrieben hat. Aber auch diese Stunde geht über das Gleichmaß des alltäglichen Lebens hinaus: denn in dieser Stunde soll etwas geschehen, etwas Entsetzliches, etwas, das nicht geschehen darf! Die gemeine, plattfüßige Alltagsgesinnung soll wieder einmal über die lichte Blüthe eines menschlichen Geistes triumphirend dahinschreiten. Wohlan — Sie wissen besser als ich, wie oft sich dieser jammervolle Vorgang in der Leidensgeschichte der Menschheit wiederholt hat — heute nun soll es nicht so sein! Ja, lachen Sie nur über das Weib, das sich vermißt, die Vorsehung zu spielen! Bei Gott, ich will es einmal! Ich will eine Bresche legen in dieses schändlich abscheuliche Gesetz! Will mit meinen schwachen Frauenhänden diesen edlen Geist aus dem Staube reißen, der ihn erstickt — will Ihnen zu Ihrer Entdeckung helfen, zum Trotz den Meinen! zum Trotz den Menschen und der Welt.

Edmund.

Sie können es! Bei dem ewigen Gott, ich fühle, daß Sie es können! Denn ich glaube, daß Sie aus einer reineren Welt herstammen als dieser!

Johanna.

Nein, ich bin ganz aus dieser Welt, und das ist gut. Denn mit den Mitteln dieser Welt muß ich und will ich Ihnen helfen. Herr Westerholz, mein Bruder verweigert Ihnen sein Geld, gut, ich bin eben so reich als mein Bruder.

Edmund.

Theures, unvorsichtiges Mädchen, Sie wissen nicht, was Sie sagen. Sie übersehen die Unmöglichkeiten, die sich Ihrem Gedanken in den Weg stellen.

Johanna.

Sehen Sie, welch' eine geringe Meinung Sie doch von uns Frauen haben. Hätte ich so weit gehen dürfen, Ihnen dies zu sagen, wenn nicht Alles, Alles erwogen wäre?

Edmund.

Nein, nein! Um über Ihr Vermögen zu verfügen, müssen Sie die Einwilligung der Ihrigen haben — und Sie wissen ja selbst —

Johanna.

Daß sie sie mir nicht geben würden; jawohl, und ich weiß auch, daß die Gesetze mir verbieten, mein Vermögen an Edmund Westerholz hinzugeben — so lange ich Johanna von Steinberg bin — aber kein Gesetz verbietet mir, ihm Alles zu geben — wenn ich — (in tiefster Erregung sich die Augen bedeckend) O — Sie müssen mir helfen —

Edmund.

Ja, darf ich es denn wagen, den Schluß zu Ihren Worten zu finden? O, schieben Sie sich selbst die Schuld zu, wenn ich Wahnsinn spreche — wenn Sie sein geworden sind — sein Weib!

(Johanna läßt die Hände vom Gesicht sinken und blickt ihn groß und schwelgend an.)

Edmund
(kniet nieder und ergreift ihre Hand, die er mit Küssen bedeckt).

Johanna! Johanna! Dein Opfer ist zu groß.

Johanna
(lächelnd).

Mein Opfer? Glaubst Du denn, Edmund, es sei so schwer, Dir zu gehören?

Edmund.

Aber sagen Sie mir — ah, das „Du" will sich noch gar nicht über meine Lippen wagen — sage mir, Du wunder=

volles Geschöpf, nährte sich denn wirklich dies edle, feurige Herz von derselben Luft, in welcher die Selbstsucht unserer gierigen Zeit groß wurde?

Johanna.

Und vergaßen Sie das Geschenk, das die himmlische Frau Ihnen in die Wiege legte? Darum liebte ich ihn ja, den unpraktischen Edmund Westerholz, weil er so gar nichts gemein hat mit unserer selbstsüchtigen Zeit.

Edmund.

Johanna, Du begehst den Irrthum der großen Seelen: Du missest die Menschen nach Deinem Maß! Wer sagt Dir, daß ich nicht selbstsüchtig sei? Es giebt auch andere Begierden, als die nach Geld.

Johanna.

O, diese Begierde sollst Du haben dürfen; sie ist mein Stolz!

Edmund.

Du bist ein zu günstiger Anwalt für mich. Wo ist das Verdienst, daß ich sagen dürfte, dies Glück ist mein Recht.

Johanna.

Hier wohnt es, geliebter Mann, in Deinem Herzen, an dem Du mich fest, innig fest halten sollst, damit ich die Erste sei, die jeden großen Gedanken erfährt, der darin geboren wird.

Edmund.

Ja, es sollen Gedanken aus diesem Herzen blühen, das versichere ich Dir. Aber nur etwas nenne mir, nur etwas, womit ich Dir vergelten kann!

Johanna.

Muß ich Dich an Alles erinnern, was Du besitzest? Dir lebt Deine Mutter noch?

Edmund.

Ah — meine Mutter — das ist wahr.

Johanna.

Nicht Deine mehr allein, sie muß nun auch die meine sein. Du wirst mir Deine Mutter schenken, nicht wahr, Edmund?

Edmund.

Zwei Kinder soll sie von nun an haben, und Du wirst Ihr Liebling sein.

Johanna.

Du wirst zu ihr gehen, nicht wahr? ihr Alles sagen? wirst ihr sagen, daß ich nun keine Familie mehr haben werde als die Eurige, kein Herz mehr, um daran zu ruhen, als das ihrige — und daß ich sie lieben werde — o Gott, wie ich sie lieben will! Und sie wird dem fremden Mädchen ihr Herz erschließen, nicht wahr? sie wird, sie wird mich lieben?

Edmund.

So wahr sie mich liebt, sie wird Dich lieben! Komm, gleich wollen wir zu ihr gehen!

Johanna.

Nein, Du mußt jetzt allein gehen — für mich ist hier nun eine Stunde zu überstehen —

Edmund.

O, ich verstehe Dich — mit den Deinigen. Soll ich nicht bleiben, Dir zur Seite zu stehen?

Johanna.

Nein, es ist besser, wenn Du gehst; für mich kann ich viele Kränkungen ertragen — doch nicht eine, die Dich träfe.

Edmund
(mit tiefer Rührung).

Johanna, Johanna! Wer je ein liebendes Weib an das Herz drücken durfte, der lügt, wenn er sagt, daß der Mensch nicht edel und gut aus den Händen der Natur hervorgeht.

Johanna.

Bis an die Gartenthür gebe ich Dir das Geleit; laß uns gehen. (Sie gehen, einander umfassend, nach der Gartenthür zu.)

Johanna
(stehen bleibend, ihn betrachtend).

Noch eine Frage.

Edmund.

Welche, geliebtes Weib?

Johanna.

Sieht sie Dir ähnlich?

Edmund.

Man hat mir gesagt.

Johanna.

Ach, Edmund, wie glücklich werden wir sein!
(Beide durch die Gartenthür ab.)

Neunter Auftritt.

Julie, Arthur (treten von links auf).

Julie.

Er will wiederkommen, sagst Du?

Arthur.

Allerdings. Wir können ihn jeden Augenblick erwarten, denn er war Feuer und Flamme.

Julie.

Feuer und Flamme — sage mir, was Du willst, Arthur, Ihr Männer seid das unberechenbarste Geschlecht der Erde. Nach einer Scene wie die gestrige —

Arthur.

Ich sage Dir ja: gerade die Scene hat Glück bei ihm gemacht.

Julie.

Siehst Du, wie es nun geht: Hunderte von Mädchen leben correct wie nach dem Linienblatt und werden alte Jungfern, und solch' einer emancipirten Glücksprinzessin laufen die Männer nach.

Arthur.

Er ist viel gereist und scheint das Abenteuerliche zu lieben — aber hier kommt sie.

Julie.

Jetzt bin ich nur auf das Gesicht gespannt, das sie machen wird.

Zehnter Auftritt.

Johanna (durch die Gartenthür zu den Vorigen).

Julie.

Nun, Du Fräulein Sausewind, wie hat Dir Herr von Moorsberg gefallen?

Johanna.

Besser als mancher Andere — aber warum die Frage?

Julie.

Weil dieser Herr von Moorsberg, dieser echte Cavalier, ein Mann von collossalem Reichthum, wie man sagt, Dich liebt! Was sagst Du, Du Glücksprinzessin?

Johanna.

Herr von Moorsberg liebt mich? Wie soll ich das verstehen?

Arthur.

Er hat soeben bei mir um Deine Hand angehalten.

Johanna.

Mein lieber Arthur — Tante Julie — Ah — hier ist der Herr selbst —

Elfter Auftritt.

Moorsberg
(durch die Gartenthür zu den Vorigen).

O — hier finde ich Sie alle versammelt. (Tritt vor Johanna.) Fräulein von Steinberg — hat Ihr Herr Bruder Ihnen gesagt?

Johanna.
Ja, mein Herr.

Moorsberg.
Und die Antwort? Ihre Antwort?

Johanna.
Herr von Moorsberg, ich kann Ihnen meine Hand nicht mehr reichen.

Moorsberg.
Sie können nicht? können nicht mehr?

Johanna.
Nein — denn sie gehört bereits einem Anderen.

Arthur. Julie.
Johanna!

Johanna.
Gehört dem Manne, dem ich mich vor wenig Augenblicken verlobt habe: Herrn Edmund Westerholz.

Julie.
Arthur! Diese Schmach!

Arthur.
Der Elende!

Johanna.
Mein Bruder, Du irrst Dich: ich selbst habe ihm meine Hand angeboten.

Arthur.
Ah! — — (Tritt auf Johanna zu.) Das haben Sie gethan, mein Fräulein? — Tante Julie, Deinen Arm; bitte, kommen

Zweiter Akt.

Sie, Herr von Moorsberg, wir befinden uns hier in schlechter Gesellschaft. (Reicht Julien den Arm.)

Johanna
(drückt die Hand auf's Herz, sinkt auf einen Sessel).

O mein Gott — gieb mir Kraft!
(Arthur mit Julie ab nach links. Während dessen fällt der Vorhang).

Ende des zweiten Aktes.

———

Dritter Akt.

Scene: Ein Zimmer bei Frau Westerholz (einfach ausgestattet; Thüren links und in der Mitte; rechts ein Fenster; ein Tisch links vorn).

Erster Auftritt.

Frau Westerholz (sitzt mit einer Strickarbeit am Tische. Nach einiger Zeit legt sie die Arbeit auf den Tisch).

Frau Westerholz

Die Unruhe verzehrt mich — wenn ich nur wüßte, wo Edmund bleibt. (Sie erhebt sich, geht unruhig auf und ab, an das Fenster.) Um diese Stunde ist er sonst stets zu Hause — und gerade heut — das, glaub' ich, ist er. (Sie geht auf die Mittelthür zu.)

Zweiter Auftritt.

Edmund (durch die Mitte zu der Vorigen).

Frau Westerholz.

Endlich, mein Sohn, endlich!

Edmund
(legt den Arm um ihre Schulter).

Ist es denn schon so spät, liebste Mutter?

Frau Westerholz.

Du hast mich auf die Folter gespannt; wo warst Du?

Edmund
(legt den Hut ab).

Nun — drüben.

Dritter Akt.

Frau Westerholz
(entzieht sich seinem Arm tritt zurück).

Bei Steinbergs wieder?

Edmund.
Nun ja, bei Steinbergs.

Frau Westerholz.
Erst gestern bist Du dort gewesen; giebst Du Deiner Dame jetzt alle Tage Unterricht?

Edmund
(mit Nachdruck).

Du meinst Fräulein von Steinberg? Es handelte sich heute nicht um den Unterricht.

Frau Westerholz.
Also nur eine Visite — Euer Verkehr wird immer vertraulicher, wie es scheint?

Edmund
(ergreift ihre Hand).

Liebe Mutter —

Frau Westerholz.
Lassen wir das jetzt; es handelt sich um ernsthafte Dinge; ich muß Dich wieder fortschicken, Edmund, Du mußt gleich gehen —

Edmund.
Wohin?

Frau Westerholz
(nimmt eine Visitenkarte vom Tische auf).

Sieh, wer uns hier besucht hat.

Edmund
(liest).

Schulrath Bergenhof?

Frau Westerholz.
Ja, Schulrath Bergenhof; der vertrauteste Freund Deines Vaters, wie Du weißt.

Edmund.
Das sagtest Du mir.

Frau Westerholz.
Und voller Interesse für Dich. Er hat eine Stellung für Dich, Edmund, eine vortreffliche Stellung.

Edmund
(leicht lächelnd).
An der russischen Grenze?

Frau Westerholz.
Nein, sondern im westlichen Theile des Staates; in einer großen Stadt, an einem bedeutenden Institute. (Sie tritt auf ihn zu, legt die Hände auf seine Schultern.) O mein Sohn, es ist ein ernster Moment, ich weiß es, und ein schwerer Schritt, aber Du weißt, daß er gethan werden muß, nicht wahr?

Edmund.
Wenn Du nur ein Wort —

Frau Westerholz.
Nachher, Edmund, jetzt mußt Du gehen, er erwartet Dich im Hotel; er ist auf der Durchfahrt, in einer Stunde geht der Zug, mit dem er reist.

Edmund
(ergreift ihre Hand).
Wenn Du nur ein Wort hören wolltest, liebe Mutter —

Frau Westerholz.
Aber was ist noch zu sagen, da Alles besprochen und überlegt ist?

Edmund.
Und wenn ich nun blos zu ihm hinüberginge, um ihm zu sagen, daß ich die Stelle nicht annehmen kann? Wäre es nicht besser, ich ginge nicht?

Frau Westerholz.
Daß Du — die Stelle nicht — Du willst die Stellung nicht annehmen?

Dritter Akt.

Edmund.

Aber Du mußt nicht erschrecken, denn ich versichere Dir, daß keine Ursache dazu ist.

Frau Westerholz
(sinkt schwer seufzend auf einen Stuhl am Tische).

O, mein Gott — mein Gott — (Sie bedeckt die Augen mit dem Taschentuche.)

Edmund
(tritt hinter ihren Stuhl).

Nein, nein, warum die Thränen?

Frau Westerholz.

Hast Du das Recht, mir diese Thränen zu verbieten? Was eine Mutter für ihren Sohn thun kann, habe ich für Dich gethan, und mehr; als ich Dich hinaussteuern sah in das pfadlose Meer Deiner Pläne und Illusionen, hab' ich nicht feigherzig wehklagend am Ufer gestanden, sondern bin mit Dir gefahren, habe mit Dir gehofft; aber jetzt sind wir am Schiffbruch angelangt, und da ich Dir eine Planke eroberte, um wieder zum Lande zu gelangen, stößt Du sie wie ein Vernunftloser zurück!

Edmund.

Nicht am Schiffbruch sind wir, sondern am Hafen! Du siehst mich staunend an, Du verstehst mich nicht — (rückt einen Stuhl neben sie und setzt sich) ja, Mutter, meine theure, geliebte Mutter, (er ergreift ihre Hände) — ich stehe vor der Erfüllung meiner Hoffnungen — ich werde meine Reise unternehmen!

Frau Westerholz.

Aber — träume ich denn? Dazu brauchst Du doch Geld?

Edmund.

Und wenn Dein Edmund nun plötzlich ein reicher Mann geworden wäre?

Frau Westerholz.

Auf — welche — Weise?

Edmund.
Durch die Hand eines edlen, herrlichen Weibes.

Frau Westerholz
(springt auf).
Um Gotteswillen! Du willst eine Geldheirath machen?

Edmund
(erhebt sich).
Eine — Geldheirath?

Frau Westerholz.
Aber doch nicht gar etwa die — Steinberg?

Edmund.
Und wenn es Fräulein von Steinberg wäre?

Frau Westerholz.
Das ist entsetzlich!

Edmund.
Mutter, Mutter —

Frau Westerholz
(auf- und niedergehend).
Sie sollen also Recht behalten, die bösen, klatschenden, verläumdenden Zungen, die mir vom ersten Tage an, da Du zu Steinbergs hinübergingst, ins Ohr zischelten, daß Du dem Mädchen den Hof machtest, daß Du — daß Du — o mein Gott —

Edmund.
Daß ich was?

Frau Westerholz.
Daß der englische Unterricht Dir nur zum Vorwande diene, um dem Mädchen nahe zu kommen, um die reiche Erbin zu ergattern!

Edmund.
Das haben sie zu sagen gewagt?

Frau Westerholz.
Willst Du die Briefe sehen, die Masse von anonymen Briefen, die mir beinah täglich darüber zugegangen sind?

Dritter Akt.

Ich habe Dir kein Wort von ihnen gesagt, ich habe sie in den Kasten geworfen, wie einen Haufen Kehricht, denn ich sagte mir, es ist mein Sohn! Es ist der Sohn des armen, ehrenfesten Schulmeisters Westerholz, der zehn Jahre lang, seiner Ueberzeugung zu Liebe, als Demagoge auf der Festung gesessen hat, der ohne einen Pfennig in der Tasche sein Weib heimführte, das arm war wie er, der lieber Hungers gestorben wäre, ehe er sich von einem Stücke Brod gesättigt hätte, das man ihm geschenkt —

Edmund.

Und denkst Du jetzt anders von Deinem Sohne?

Frau Westerholz.

Und unterdessen geht er hinüber wie ein Spekulant, und statt sein Leben zu erarbeiten —

Edmund.

Ob Du jetzt anders von Deinem Sohne denkst, sollst Du mir sagen!

Frau Westerholz.

Ob ich jetzt anders denke. Ist es wahr, daß Du dich mit dem Mädchen verlobt hast?

Edmund.

Ja.

Frau Westerholz.

Ist es wahr, daß sie die reichste Partie der Stadt ist?

Edmund.

Das weiß ich nicht, aber daß sie reich, sehr reich ist, ja, das ist wahr.

Frau Westerholz.

Nun — also?

Edmund.

Und dennoch, wenn die Leute sprechen, wie Du mir sagst, so erkläre ich Dir, daß es Verläumbung, nichtswürdige Verläumbung ist!

Frau Westerholz.

In solchem Falle sprechen Thatsachen.

Edmund.

Nun denn, Thatsache ist, daß ich ihr keinen Antrag gemacht habe, daß ich mit keinem Gedanken an eine Verbindung mit ihr gedacht habe!

Frau Westerholz.

Was soll das Alles heißen? Ihr seid doch verlobt?

Edmund.

Allerdings — aber — o liebe Mutter, werde ruhig, höre mich an, es ist ein außergewöhnlicher Vorgang. Sieh, dieses Mädchen ist eine große, eine herrliche Natur. Ich selbst habe sie in all' ihrer Tiefe erst vor Kurzem kennen gelernt, in dem Augenblick, als ich ihr von dem Theuersten sprach, was ich besitze, von meinem Plane und meiner Entdeckung. Wenn Du sie gesehen hättest, wie sie mit flammender Seele meinen Gedanken ergriff! Und in dem Augenblick, siehst Du, der zu groß und heilig war für die schale Rücksicht auf das Herkommen, that sie nach dem Gebote ihrer großen, muthvollen Natur und was ich nicht von ihr erbitten durfte, das bot sie aus freien Stücken mir an — ihre Hand!

Frau Westerholz.

Sie — selbst?

Edmund.

Sie selbst.

Frau Westerholz.

Aber das ist schamlos!

Edmund.

Mutter!!

Frau Westerholz.

Ich weiß, was ich sage.

Edmund.

Aber Du vergißt, daß Du von meiner Braut sprichst!

Frau Westerholz.

Eine Frau, die sich dem Manne anträgt, handelt unweiblich, und Unweiblichkeit ist mir verhaßt!

Dritter Akt.

Edmund.

Die sich — anträgt? Nachdem ich Dir gesagt habe, was es war, das sie zu dem Schritte trieb?

Frau Westerholz.

Die Frau hat zu warten, bis daß der Mann kommt. Die ganze Welt mag sie durchlaufen, um ihm behilflich zu sein, aber nicht einen halben Schritt soll sie ihm entgegenkommen. Prinzessinnen freilich, hab' ich mir sagen lassen, machen es anders; die lassen sich nicht holen, die bestellen sich beim Ball ihren Tänzer selbst. Das hochgeborene Fräulein von Steinberg bestellt sich auch ihren Bräutigam selbst, denn für den armen Schulmeisterssohn konnte es ja nur eine Ehre sein — und das, das nahmst Du an?

Edmund.

Ein Elender wäre ich gewesen, wenn ich sie in dem Augenblick zurückgewiesen hätte! Denn es giebt keinen erbärmlicheren Hochmuth, als ein Geschenk abzuweisen, das uns aus großem liebenden Herzen geboten wird. O Mutter, Mutter, wirf dies Vorurtheil von Dir! Lerne dies Mädchen kennen!

Frau Westerholz.

Du scheinst zu vergessen, mein Sohn, daß ich ein Leben hinter mir habe und zu alt zum Lernen bin; verlangst Du, daß ich mich für die romantische Laune eines emancipirten Mädchens begeistern soll?

Edmund.

Und wenn Du hörst, daß dieses Mädchen Deinem Sohne Alles giebt, was ihn glücklich macht?

Frau Westerholz.

Nicht glücklich macht sie Dich! Ich wollte Dich lieber als Tagelöhner sehen, von Deiner Hände Arbeit lebend, als so, als Anhängsel Deiner reichen Frau! Willst Du es durch die Zeitung bekannt machen, daß sie es gewesen ist, die Dich genöthigt hat, sie zu heirathen? Und wenn es die Menschen erfahren, was dann? Verhöhnen werden sie Dich! Die Verachtung Deiner Mitbürger, das ist es, was sie Dir bringt.

Edmund.

Ihre Verachtung! Als könnte uns der verachten, der uns nicht begreift! Ich werde soviel Notiz von ihrer Verachtung nehmen wie der Mond von dem Hunde, der ihn anbellt! Aber nur Du, meine Mutter, meine angebetete Mutter, Du darfst uns in dieser Stunde nicht verlassen! Du wirst es sehen, dies edle, reine Geschöpf, wirst sie kennen lernen; sie kommt zu Dir —

Frau Westerholz.

Hierher? Sie kommt hierher?

Edmund.

Allerdings, jeden Augenblick muß sie eintreten.

Frau Westerholz.

Das ist nicht gut; Du hättest sie nicht herbestellen sollen.

Edmund.

Mutter, sie kommt, das Herz ganz erfüllt von Liebe zu Dir, voll Sehnsucht, eine Mutter in Dir zu finden. Wenn ich Dein Sohn noch bin, wenn Du mich nur einen Augenblick geliebt hast, so empfange sie gütig, denke, was dies Mädchen aufgiebt, daß sie eine Verlassene ist; gieb ihr wieder, was sie verliert, sei ihr eine Mutter!

Frau Westerholz.

Bring' mir eine Bettlerin in's Haus, so will ich ihr Mutter sein, wenn sie Dich glücklich macht, aber für solche Tochter habe ich zu bürgerliches Blut.

Edmund.

O, das ist schrecklich!

(Ein leises Klopfen an der Mittelthür.)

Edmund.

Hörst Du das, Mutter? Hörst Du, wie ihre Hand leise, schüchtern anfragt, ob sie eintreten darf bei Dir? Mutter, nicht an Deine Thür, diese Hand klopft an Dein Herz!

(Edmund geht an die Mittelthür, sie zu öffnen, Frau Westerholz setzt sich an den Tisch.)

Dritter Auftritt.

Johanna (durch die Mitte zu den Vorigen).

Edmund.
Johanna — wie blaß Du aussiehst; Du hast böse Stunden bei den Deinigen verleben müssen; nicht wahr?

Johanna.
Sie sind ja nun vorüber und ich bin bei Dir. (Sie tritt mit Edmund auf Frau Westerholz zu.) Bei Dir — oder darf ich denn sagen: bei Euch?

Frau Westerholz
(erhebt sich).
Ich habe die Ehre, Fräulein von Steinberg bei mir zu sehen?

Johanna.
Nein, liebe verehrte Frau, nicht Fräulein von Steinberg, sondern ein mutterloses Mädchen, das Sie bittet —

Frau Westerholz.
Ich bin eine ganz einfache dürftige Frau und kann mir nicht denken, daß das gnädige Fräulein von mir etwas erbitten sollte.

Johanna.
Wie denn — warum geben Sie mir in dieser Stunde den Titel, der mir das Herz zerdrückt? Sie fragen, was ich von Ihnen erbitten soll, und hören, daß ich nach einer Mutter suche?

Frau Westerholz.
Es ist allerdings ein großer Schade für ein junges Mädchen, keine Mutter zu besitzen, die ihre Schritte leiten kann.

Johanna.
So leiten Sie die Schritte dieses hilflosen Mädchens. O, kennen Sie den schmerzlichen Weg, den ich gegangen bin, um bis zu Ihnen zu gelangen? Wollen Sie mir nicht einen

Schritt entgegenkommen? Haben Sie nicht einen Platz, nicht ein kleines Plätzchen in Ihrem Herzen, nicht ein freundliches Wort, nicht einen Druck der Hand für die Braut Ihres Sohnes?

Frau Westerholz.

Ich höre, daß Sie mir die Ehre erwiesen haben, sich mit meinem Sohne zu verloben.

Johanna
(tritt zurück).

O mein Gott, welch ein hartes Wort war das!

Edmund.

Johanna, ich bitte, ich beschwöre Dich, sei ruhig. Dies grausame Wort war nicht das letzte, das meine Mutter zu Dir sagte; sie wird bessere, gütigere für Dich finden; sie wird Deine Mutter sein.

Frau Westerholz.

Es ist gewagt, mein Sohn, Dinge zu versprechen, über die man nicht verfügt. Ich denke, wer den Muth zu einem Schritte gefunden hat, wie diese Dame, wird auch den Muth haben, anzuhören, was die Welt darüber urtheilt und spricht.

Johanna.

War es denn eine so unberechtigte thörichte Hoffnung, wenn ich geglaubt habe, Sie würden mir helfen gegen diesen furchtbaren unsichtbaren Feind, den man die Welt nennt? Wollen Sie denn wirklich nichts weiter sein als eine Stimme mehr in dem Gewirr dieser unzähligen Stimmen, die mich verurtheilen werden?

Frau Westerholz.

Da ich, sowie wir Alle, den Gesetzen dieser Welt unter= worfen bin, sehe ich nicht ein, wieso ich mich von ihrem Ur= theil emancipiren sollte.

Johanna.

Weil ich gegen Sie die Waffen nicht besitze, die mir gegen die Welt zu Gebote stehen. Gegen die Welt kann ich muthig sein — denn ihre Stimme kann ich verachten — kann ich das gegen Sie? O, wissen Sie denn nicht, daß wir gegen die Menschen, die wir lieben, keine Waffen haben, weil sie sich gegen unser eignes Herz kehren? Die Welt kann meinen Schritt nicht richtig beurtheilen; aber Sie — nein, ich bitte, ich beschwöre Sie, urtheilen Sie nicht so, denken Sie besser, denken Sie richtiger von mir.

Frau Westerholz.

Daß wir sehr verschieden über diese Sache denken, ist gewiß; wer aber richtiger darüber denkt, das, mein Fräulein, denke ich, lassen wir dahingestellt.

Johanna.

Ach mein Gott, ich hatte nicht geglaubt, daß Sie so hart wären.

Edmund.

Mutter — es war in allen großen Augenblicken meines Lebens meine Freude und mein Stolz, ein Herz zu wissen, das meine Sorgen und Nöthe verstand — es war das Herz meiner Mutter, es war Deins. Auf den Knien habe ich Gott gedankt, daß er mir den höchsten Schatz verliehen hat, der dem Manne werden kann, daß er mir die Mutter bis zu meinen Mannesjahren gelassen hat —

Frau Westerholz.

Edmund! Bereust Du, daß Du Gott dafür gedankt hast?

Johanna.

Edmund — ich bitte Dich —

Edmund.

Laß mich zu Ende sprechen, Johanna.

Frau Westerholz.

Ja ja, lassen Sie ihn sprechen.

Edmund.

Heute zum ersten Male verstehe ich Dich nicht.

Frau Westerholz.

Dieser Tag, mein Sohn, ist der erste, an dem Du so zu mir sprichst.

Edmund.

Ja, denn es ist der erste, an dem ich meine Mutter nicht mehr erkenne. Was dieses edle Mädchen gethan —

Johanna.

Nein, ich will nicht, daß Du mich zwischen Dein und Deiner Mutter Herz stellst — nenne mich nicht —

Frau Westerholz.

O lassen Sie das, mein Fräulein. Ihre erste Handlung war es, die mir das Herz meines Sohnes entfremdete; die Worte, die er jetzt spricht, sind nur die nothwendige Folge.

Edmund.

Es ist nicht so, wie Du sagst! Nicht mein Herz ward Dir entfremdet, sondern Du verschließest uns Dein Herz, verschließest es, weil Du für Rechtlichkeit und Bürgerstolz hältst, was — was nur Engherzigkeit ist!

(Pause.)

Frau Westerholz
(zu Johanna).

Und wem verdanke ich das? Ich überlasse Ihnen das Urtheil selbst. (Sie geht zur Seite ab.)

(Edmund geht aufgeregt auf und ab.)

Johanna.

Edmund! ich habe keine Mutter gefunden.

Edmund.

Aber dafür einen Mann, der Dich mit verdoppelter Liebe am Herzen halten wird.

Johanna.

Welch ein Anfang unseres jungen Glückes! Die Meinigen stoßen mich von sich — Deine Mutter verschließt mir ihr Herz — geliebter Mann, fühlst Du, daß ich nichts mehr auf der Welt besitze als Dich?

Dritter Akt.

Edmund.

Ja, meine Johanna, ich weiß es, ich fühle es. Sei muthig, vielleicht ist es gut, daß Alles dies geschah: es wird uns mahnen, uns um so schneller aus der dumpfen Beschränktheit dieser Menschen loszureißen. O ich muß Dir sagen, daß ich jetzt erst mit ganzer Brust empfinde, welche Kraft des Mannes Adern durchströmt, wenn er sich sagen kann, Du besitzest die Mittel, die Dir die Wege in die Welt erschließen, Du bist reich. Du wirst mich begleiten auf meiner Reise —

Johanna.

O ja — und wir reisen bald; nicht wahr?

Edmund.

Nur nach Stunden noch wollen wir die Zeit rechnen, die wir hier vertrauern müssen.

Johanna.

So ist es gut. O, mir ist, als stünden wir bereits auf dem Verdecke des Schiffes — hinter uns das steinige trostlose Land und um uns her die spritzenden Wellen des Meeres, die uns das Brautlied singen und schäumend uns dahintragen in die Lebensluft der menschlichen Seelen in die Freiheit.

Vierter Auftritt.

Dienstmädchen
(durch die Mitte).

Ein fremder Herr wünscht Fräulein von Steinberg zu sprechen.

Edmund.

Ein fremder Herr? Der Name?

Dienstmädchen.

Herr von Moorsberg.
(Edmund sieht Johanna befremdet an.)

Johanna.

Ein Freund meines Bruders. Wir empfangen ihn gemeinschaftlich.

Edmund.
Laß den Herrn eintreten.
(Dienstmädchen ab.)

Edmund.
Was mag er wollen?

Johanna.
Ich ahne es so wenig als Du.

Fünfter Auftritt.

Moorsberg
(sehr ernst, tritt auf durch die Mitte).
Der besondere Anlaß, der mich herführt, möge es entschuldigen, Herr Westerholz, wenn ich unaufgefordert und vielleicht unerwünscht Ihr Haus betrete — Fräulein von Steinberg, ich komme von den Ihrigen —

Johanna.
Herr von Moorsberg, wenn Sie mir eine Bestellung von den Meinigen zu bringen haben, so steht hier Herr Westerholz —

Moorsberg.
Leider betrifft das, was ich zu bringen habe, Sie persönlich so sehr, daß ich mich an Sie selbst wenden muß. Es ist soeben eine Depesche eingegangen —

Johanna.
Warum schweigen Sie? Was enthält diese Depesche?

Moorsberg.
Drei Worte und in ihnen das Unglück von Tausenden: Die Bank, in welcher Ihr und Ihres Bruders Vermögen liegt — o glauben Sie mir, bitte, daß ich mich zu dieser Botschaft nicht gedrängt habe —

Johanna.
Um Gottes Willen, wo will das hinaus?

Dritter Akt.

Moorsberg.
Die Bank hat Bankerott gemacht.

Johanna
(bedeckt sich die Augen).
O mein Gott, das ist entsetzlich!

Moorsberg.
Furchtbaren schmählichen Bankerott. Es ist nichts zu retten — Sie verlieren Alles —

Johanna.
Hören Sie auf — mein Herr — Sie brauchen mir nicht zu wiederholen, daß ich eine Bettlerin bin.
(Pause.)

Moorsberg.
Ich weiß, wie drückend die Gegenwart eines Trauerboten ist und würde Sie sogleich von derselben befreien; allein ich habe noch den Auftrag von den Ihrigen, eine Frage an Sie zu richten —

Johanna.
Welch eine Frage?

Moorsberg.
Eine Frage, die hart, die bitter und grausam klingt und sich doch unabweislich auf die Lippen eines Jeden drängt, zumeist die Lippen derer, die der Sorge für Sie am nächsten stehen — Fräulein von Steinberg, wollen Sie jetzt zu den Ihrigen zurückkehren? —

Edmund.
Die Familie von Steinberg scheint zu vergessen, daß ihre Tochter in allernächster Zeit einem Manne angehören wird, der —

Moorsberg.
Gewiß nicht, Herr Westerholz, aber — Sie verzeihen, wenn ich falsch unterrichtet bin — man behauptet, daß Sie nicht in einer Stellung seien, die es Ihnen ermöglichen würde —

Edmund
(drückt die Faust an die Stirn).

Ah! — Ich werde morgen eine solche Stellung haben.

Moorsberg.

Das bezweifle ich nicht, aber jedenfalls sind Sie noch nicht verheiratet — und bis dahin —

Johanna.

Nun denn, Herr von Moorsberg, so sagen Sie den Meinigen, daß Johanna von Steinberg bis dahin von dem ihr Leben fristen wird, was sie von Herrn Edmund Westerholz lernte: ich werde englische Sprachstunden geben. — Sie scheinen zu zaudern? Ich werde es den Meinigen schreiben, wenn Ihnen dieser Bescheid zu häßlich klingt, um ihn persönlich zu bestellen.

Moorsberg.

Wodurch habe ich es verdient, daß Sie mir so schweres Unrecht thun? Sie brauchen nicht zu schreiben, ich werde dies Wort übernehmen — verstehen Sie, was das heißt, übernehmen? Das heißt — ach, das gehört nicht hierher — leben Sie wohl, Fräulein von Steinberg, leben Sie wohl.
(Geht hastig durch die Mitte ab.)

Johanna
(wirft sich verzweifelnd auf den Stuhl).

Was nun? Was nun? Was nun?

Edmund
(tritt zu ihr).

Was nun, Johanna? Nun wirst Du meine Frau und ich Dein Mann, der für seine Frau sorgt.

Johanna.

Das ist die Stimme Deines Herzens und Du hörst jetzt nur sie, aber das Leben ist lang, doppelt lang das Leben des Elends, es wird eine Zeit kommen, wo auch Dein Verstand reden wird — und seine Sprache wird anders klingen.

Edmund.

Johanna! ich verbiete Dir, so zu sprechen.

Dritter Akt.

Johanna.

Weißt Du es denn, verstehst Du es denn, was Du sprichst? Für Deine Frau sorgen — Edmund, das ist das Todesurtheil über Deine Pläne und Entwürfe; denn es bedeutet, Geld erwerben für sie, bis daß dieser erbarmungslose Gott, der mich heute nur halb erschlug, diesem unseligen Dasein ein völliges Ende bereitet.

Edmund.

Komm zu Dir, Johanna, fasse Dich. Fühlst Du nicht, wie Deine Worte an die Ehre dessen greifen, der Dich liebt? Liebte ich nur die reiche Johanna von Steinberg in Dir und nicht das schöne herrliche Mädchen, das mich reich machte durch das Herz, das sie mir darbrachte? Du willst nicht zu mir kommen, Dich nicht in meine Arme schließen lassen — wohlan, so komme ich zu Dir. (Er kniet neben dem Stuhl nieder, auf dem Johanna sitzt.) Der Reichthum ist verloren, den Du mir zu bringen gedachtest — hab' ich nicht mehr als das, habe ich nicht Dich selbst?

Johanna
(ihn schluchzend umarmend).

Wie gut — wie gut das Alles ist!

Edmund
(erhebt sich).

Laß uns ruhig sprechen, mein geliebtes Mädchen: Der Gedanke, der einst das Ziel meines Lebens war, ist nun natürlich begraben und todt — nein, erschrick nicht — es ist ja wahr und es wäre thöricht, wenn ich es verhehlen wollte, daß es mich tief schmerzt, daß es so sein muß. Aber es muß so sein, und es wird; ich werde diesem Dämon, der mir in der Brust wohnt, dem Ehrgeiz, den Kopf zertreten; ich werde es mir sagen jeden Tag, jede Stunde, daß es besser ist, ein armer Schulmeister an der russischen Grenze zu sein, mit einem treuen Weibe am Herzen, als ein einsamer berühmter Mann. — (Aufgeregt auf und nieder gehend.) Nein — sage mir nichts dagegen, ich werde es mir sagen — werde so empfinden! Der Wissenschaft wird mein Gedanke nicht verloren gehen! Es wird sich ein Anderer dafür finden — ein Anderer wird dahin reisen und meinen Schatz heben — er wird nichts davon sagen, daß ich es war, in dessen Haupt dieser Gedanke zuerst geboren ward — o gewiß nein, das wird er verschweigen — aber ich — ich werde lachen, wenn ich sehe, wie er sich mit meinen Federn schmückt! lachen! lachen! hahahaha! (Lacht gellend; Johanna steht erschrecken auf.) Nein nein, sei ruhig, Johanna, (hastig) sei ruhig, ich bitte Dich! Ich thue mich noch heute nach der Stelle um — Alles wird gut werden — ganz gut — vollkommen gut.

Johanna.

Edmund! Wird Alles gut werden? Gott, mein Gott? Bin ich denn so arm geworden, daß mir nicht einmal die Hoffnung mehr geblieben ist?

(Vorhang fällt.)

Ende des dritten Aktes.

———

Vierter Akt.

Scene: Ein äußerst dürftiges Zimmer bei Johanna, im Hintergrunde eine Thür, daneben ein schlechtes Sopha, vorn rechts ein Schreibtisch.

Erster Auftritt.

Wirthin, Stich (athemlos) treten auf.

Stich
(verschnaufend).

Vier Treppen — und was für welche — es ist schauderhaft. Ich bin ganz außer Athem.

Wirthin.

Ja, für fünf Thaler monatlich wohnt man nicht in der Bel-Etage.

Stich.

Und die muß das Fräulein doch gewiß ein paar Mal des Tages steigen?

Wirthin.

Na mein Gott, das muß ich auch. Wird sich schon daran gewöhnen.

Stich
(für sich).

Durch diese Wirthin wird die Wohnung auch nicht angenehmer werden. (Sieht sich um.) Welch' eine elende Baracke. Schöne, reiche, glänzende Johanna von Steinberg — hier wohnst Du? In diesen Jammerwinkel hat sich Dein Stolz geflüchtet wie ein verwundeter Löwe in seine Höhle? (Er befühlt die Wände.)

Wirthin
(sieht ihm mit giftigen Blicken zu).

Mit wem habe ich denn eigentlich die Ehre? Sie sind wohl von der Baupolizei?

Stich.

Man braucht nicht dazu zu gehören, um zu sehen, daß das Zimmer feucht ist.

Wirthin.

J, man muß nur ordentlich heizen.

Stich.

Besorgen Sie das?

Wirthin.

Ja, wenn sie ordentlich bezahlt, werde ich auch ordentlich heizen.

Stich
(für sich).

Das Elend wie es leibt und lebt. (Laut.) Sie sind doch auch recht freundlich gegen die unglückliche junge Dame?

Wirthin.

Es giebt heutzutage viel Unglück — und so eine verkrachte Prinzessin —

Stich.

Schämen Sie sich, so etwas zu sagen.

Wirthin.

Na wohl etwa nicht? Es ist ganz gut, wenn so ein Fräulein von So und so mal schmeckt, wie es thut — und im übrigen — ich empfehle mich. (Ab.)

Stich.

Und da sagt man, daß das Unglück die Menschen bessere.
(Er tritt an den Schreibtisch, der voller Hefte liegt.)
Hefte — Hefte — lauter Handwerkszeug, um dieses klägliche Leben zu fristen; nichts von allen den freundlichen Kleinig=

keiten der Umgebung, die ein junges Mädchen braucht und die die Stube eines jungen Mädchens zu einem kleinen Paradiese machen. Keine Blume — nichts — ich bin ein rechter alter Philister, daß ich nicht daran gedacht habe, ihr eine mitzubringen. Ich weiß schon, wenn ich ihr das Alles sagte, würde sie erwidern, daß sie Alles das nicht brauche — hm — hm — es giebt so viele Dinge, die man nur braucht, wenn man sie nicht besitzt.

Zweiter Auftritt.

Frau Westerholz
(tritt auf).

Fräulein von Steinberg ist noch nicht wieder zurück?

Stich.

Nein, Madame; und damit es Sie nicht wundere, mich trotzdem hier zu finden, sage ich Ihnen sogleich, daß ich der Justizrath Stich bin, ihr Vormund.

Frau Westerholz.

Und ich bin Frau Westerholz.

Stich.

Ah — die Mutter des Herrn —

Frau Westerholz.

Mit dem sich Ihr Fräulein Mündel verlobt hat; jawohl.

Stich.

Das klingt nicht gerade sehr liebevoll.

Frau Westerholz.

Sagen Sie es nur gerade heraus: es klingt sehr hart. Ja, mein Herr, ich habe Fräulein von Steinberg nie ein Hehl daraus gemacht, daß ich ihre Verlobung mit meinem Sohne für kein Glück, weder für meinen Sohn noch für mich angesehen habe.

Stich.

Hm — hm —

Frau Westerholz.

Indessen verstehen Sie mich, bitte, nicht falsch; nicht er
jetzt, nachdem sie arm geworden ist, habe ich diese Auffassun
gewonnen —

Stich.

Das hatte ich auch nicht angenommen, werthe Frau.

Frau Westerholz.

Nicht? Dann haben Sie mich wohlwollender beurtheil
als die übrigen Menschen. Bei den übrigen Menschen i
es natürlich eine ausgemachte Sache, daß Frau Westerho
mit Vergnügen den Goldfisch in die Netze ihres Sohnes gehe
sah und daß es ihr jetzt recht fatal ist, so aus ihren E
wartungen gerissen zu werden.

Stich.

Sie scheinen herbe Erfahrungen gemacht zu haben; S
denken hart von den Menschen.

Frau Westerholz.

Ich würde Sie beneiden, da Sie eben so alt zu sei
scheinen wie ich, wenn Ihre Erfahrungen Ihnen ein andere
Urtheil erlauben sollten.

Stich.

Sie quälen sich selbst, Frau Westerholz.

Frau Westerholz.

Nein, meine Augen haben nur leider die Eigenschaf
die Dinge zu sehen, wie sie sind.

Stich.

Ihr Herr Sohn ist verreist?

Frau Westerholz.

Ja, nach einem Orte an der russischen Grenze, um m
dem Schuldirector wegen einer Stellung zu verhandeln —

Stich.

An der russischen Grenze?

Frau Westerholz.

Allerdings — es hatte sich ihm eine andere, bessere im Westen des Staats geboten, (bitter lächelnd) aber über jener herrlichen Verlobung hat er sie versäumt.

Stich.

Hm — hm — aber was kommt da?

Dritter Auftritt.

Johanna (tritt auf, blaß und erschöpft aussehend).

Stich
(breitet die Arme nach ihr aus).

Johanna — mein Kind!

Johanna
(wirft sich in plötzlicher Bewegung an seine Brust).

Ach, mein lieber, lieber Herr Vormund!

Stich.

Sie böses Kind; so muß man Sie suchen? so verstecken Sie sich?

Johanna
(tritt zurück).

Ich verstecke mich? Inwiefern? Habe ich ein Geheimniß daraus gemacht, daß ich hier wohne?

Stich.

Ei, nicht doch, ich weiß schon —

Johanna.

O, kommen Sie, setzen Sie sich — ah, Frau Westerholz, Sie hier?

Frau Westerholz.

Ich habe nachher eine Familienangelegenheit mit Ihnen zu besprechen.

Stich.

Ich will nicht lange stören.

Johanna.

Aber setzen müssen Sie sich. (Sucht nach einem Stuhle.) Ja, mit der Bequemlichkeit steht es hier ein wenig knapp.

Stich.

Hier haben wir ja ein prachtvolles Sopha! (Setzt sich darauf.)

Johanna
(setzt sich lächelnd neben ihn.)

Finden Sie es so prachtvoll?

Stich.

Ganz so prachtvoll wie die übrige Stube.

Johanna.

Nun sagen Sie, was macht mein Bruder? Wie geht es der Tante?

Stich.

Denen geht es besser als Ihnen: Die leben auf dem Lande.

Johanna.

Auf dem Lande? Bei wem?

Stich.

Na, Sie kennen ihn ja, bei dem Herrn von Moorsberg.

Johanna.

So — bei dem.

Stich
(sie beobachtend).

Sie werden ja mit einem Male so ernst! Gefällt Ihnen das nicht?

Johanna.

Es ist gewiß sehr gut für sie. — Aber wie kam das? Sie kannten ihn ja doch erst seit einigen Tagen.

Stich.

Ja, sehen sie, das ist ein sonderbarer Kauz, dieser Herr von Moorsberg. Er ließ nicht nach, in Ihren Bruder zu bringen, bis daß er nachgab.

Vierter Akt.

Johanna
(steht erregt auf).

So, wirklich? (Für sich.) Was ist das mit diesem Mann? Wie ein Alp legt es sich auf meine Seele, so oft ich seinen Namen höre.

Stich
(der sie scharf beobachtet hat).

Setzen Sie sich, mein liebes Kind; ich habe noch ein Wort mit Ihnen zu reden. (Johanna setzt sich wieder neben ihn.) Wissen Sie, Sie sehen recht blaß und angegriffen aus?

Johanna.

O — das kommt von den Stunden; ich gebe sehr viel Stunden.

Stich.

Sonst könnte man auch denken, daß es vielleicht von der abscheulichen kalten feuchten Stube käme, in der Sie wohnen —

Johanna.

Nein — nein — davon ist es nicht. (Steht erregt auf.) Warum machen Sie mir das Leben schwer?

Stich
(erhebt sich).

Weil ich gern möchte, daß Sie Vernunft annähmen und mit mir gingen.

Fort von hier?

Johanna.

Stich.

Ja. Wenn ich Ihnen vorschlüge, zu Ihrem Bruder und Ihrer Tante zu ziehen —

Johanna.

Niemals! O, nimmer, nimmermehr!

Stich.

Na, das dacht' ich mir wohl. Aber in meinem Hause ist ja nichts, was Ihnen Schreck einflößen könnte — kommen Sie mit mir, Fräulein Johanna, wohnen Sie bei mir.

Johanna.

Ich danke Ihnen — aber es kann nicht sein.

Stich.

Wirklich? Sie wollen nicht?

Johanna.

Nein.

Stich.

Aber in aller Welt — alles muß doch einen vernünftigen Grund haben auf der Welt?

Johanna.

Nun, wenn Sie wirklich keinen Grund finden, so will ich Ihnen zwei für einen sagen: Was würden die Menschen sagen, wenn ich zu Ihnen zöge? Daß ich bereue, was ich gethan, und dieser Gedanke soll auch nicht in einer Seele aufkommen dürfen, denn, bei Gott, ich bereue es nicht. Ferner müssen Sie bedenken, daß wir in sehr dürftigen Verhältnissen an der russischen Grenze leben werden; da wird nicht viel Bequemlichkeit des Lebens sein, — und dazu will ich mich vorbereiten.

Stich.

Hm — hm — hm. (Leise zu Frau Westerholz.) Na, Madame, wenn Sie eine solche Schwiegertochter nicht lieben können, dann, nehmen Sie's mir nicht übel, taugt Ihre Welterfahrung nichts. (Zu Johanna.) Zureden hilft bei Ihnen doch nichts — das kenne ich ja — also kann ich ja wohl gehen.

Johanna.

Aber nicht, bevor Sie mir gesagt, daß Sie mir nicht zürnen.

Stich
(mit hervorbrechender Rührung).

Fräulein Johanna, Sie sind — ein rechter Trotzkopf! Leben Sie wohl — leben Sie wohl! (Eilend ab.)

Johanna.
(sieht ihm nach).

Der liebe alte Mann; wie gut er es mit mir meint. — Verzeihen Sie, daß ich Sie so lange warten ließ.

Vierter Akt.

Frau Westerholz.
Ich habe nichts zu verzeihen.

Johanna.
Edmund ist noch nicht zurück? Heute glaubte ich, würde er kommen.

Frau Westerholz.
Das glaubte ich auch, weil es aber unbestimmt ist, so habe ich das hier gleich mitgebracht.

Johanna.
Was haben Sie da?

Frau Westerholz.
Einen Brief, der heute früh für ihn ankam und aus dem ich nicht klug werde, weil er englisch ist.

Johanna.
Zeigen Sie doch her.

(Frau Westerholz händigt ihr einen Brief ein.)

Johanna
(betrachtet den Brief).

Was ist das für ein Siegel —

Frau Westerholz.
Was ist damit?

Johanna.
Das Siegel der Britischen Akademie — der Poststempel London — mein Gott — der Brief kommt von der Englischen Akademie.

Frau Westerholz.
Die Englische Akademie schreibt an meinen Sohn?

Johanna.
Auf der Adresse steht „dringende Eile"; was sollen wir thun?

Frau Westerholz.
Den Brief öffnen und, wenn es nöthig ist, an Edmund telegraphiren.

Johanna.

Sehr wahr — sehr richtig! (Sie öffnet hastig den Brief.) Zittern mir doch förmlich die Hände. (Sie blickt in den erbrochenen Brief, dann, nach einiger Zeit, fährt sie mit einem Freudenausruf empor.) Welch' eine Nachricht! Edmund, Edmund, welch' eine Nachricht!

Frau Westerholz.

Was ist? Was enthält der Brief?

Johanna.

Die Englische Akademie — o, ist es denn möglich — geht auf Edmund's Project ein!

Frau Westerholz

Auf sein Project in Assyrien?

Johanna.

Auf seine Entdeckungsreise nach Assyrien; ja, ja, ja!

Frau Westerholz.

Um Gotteswillen — bedenken Sie, was Sie sagen — wenn Sie sich verlesen hätten! Wie soll das möglich sein? Wie soll die Englische Akademie von seinem Plane gehört haben?

Johanna.

Das begreife ich selbst nicht recht. (Blickt wieder in den Brief.) Nun ja, das kommt davon, wenn man zu schnell liest: da steht es ja geschrieben, hören Sie: (Liest übersetzend.) „Eins unserer korrespondirenden Mitglieder, welches zur Zeit in Ihrer Heimathstadt sich aufhält, theilt uns Ihr Project zu Ausgrabungen in Assyrien mit."

Frau Westerholz.

Ein korrespondirendes Mitglied der Englischen Akademie in unserer Stadt? Wer, in aller Welt, kann das sein?

Johanna.

Ich ahne es nicht — aber was braucht uns das zu kümmern — (Liest.) „Diese durchaus geniale Idee verspricht, im Falle des Gelingens, eine solche Ausbeute für die Wissen=

Vierter Akt.

schaft, daß wir gewillt sind, wenn Sie, was wir nicht bezweifeln, bereit sind, auf vorläufig 10 Jahre in unseren Dienst zu treten, Ihnen die Mittel in die Hand zu geben." Du wirst es also dennoch erreichen, Edmund! Dennoch! (Zu Frau Westerholz.) Hören Sie es nun? Glauben Sie es nun?

Frau Westerholz
(nimmt den Brief aus ihrer Hand).

Ich muß wohl — obgleich mir noch ist, als träumte ich — Aber Sie lasen nur die erste Seite — der Brief, scheint mir, ist noch nicht zu Ende.

Johanna
(nimmt den Brief zurück).

Was soll noch kommen. (Liest.) „Wir knüpfen die Gewährung der Mittel an eine einzige Bedingung. Diese Bedingung wird Ihnen seltsam klingen, doch nöthigt uns wiederholte Erfahrung, sie als unerläßlich hinzustellen — wir geben bei einer solchen Aufgabe selbstständigen, das heißt —" (Sie zuckt zusammen.) Mein Gott, was ist das?

Frau Westerholz.
Das heißt —

Johanna.
„Das heißt — unverheiratheten Männern den Vorzug. — (Sie macht eine kurze Pause.) Wenn Sie daher — nicht mehr frei sind —, so wollen Sie uns das umgehend anzeigen, weil wir dann mit einem anderen jungen Gelehrten — den Ihr Gedanke interessirt hat — in Verbindung treten werden." — — Ah — (Sie setzt sich schwer seufzend nieder.)
(Pause.)

Frau Westerholz.
Nun ja — dann freilich ist es für meinen Sohn nichts. Mein armer Edmund!

Johanna
(aufstehend).

Ich weiß, was Sie sagen wollen — aber ich bitte, ich beschwöre Sie, sprechen Sie nicht zu Ende! Ich kann es, kann es nicht hören!

Frau Westerholz.

Was wollen Sie? Wollen Sie der Mutter verbieten, sich um ihren Sohn zu grämen?

Johanna.

Aber es giebt Dinge, die man einer Frau nicht sagen darf, weil eine Frau sie nicht hören kann!

Frau Westerholz.

Es giebt auch Dinge, die eine Frau nicht thun darf.

Johanna.

O, mein Gott, mein Gott! Seien Sie barmherzig! Sehen Sie mich nicht mit diesem steinernen Gesicht an! Glauben Sie mir doch, daß ich eine Frau bin, wenn ich auch gethan habe, was eine Frau nicht thun soll — und es giebt ein Maß des Hasses, der über die Kräfte des Weibes geht, den die Frau nicht mehr ertragen kann!

Frau Westerholz.

Es liegt in Ihrer Natur, sich zu exaltiren. Uebrigens beunruhigen Sie sich ganz unnöthig, geben Sie den Brief her.

Johanna.

Den Brief? Was haben Sie damit vor?

Frau Westerholz.

Diese Frage begreife ich nicht, da Sie es eben so gut wissen müssen als ich.

Johanna.

Nein — ich versichere Ihnen —

Frau Westerholz.

Sie wissen nicht, Sie begreifen nicht, was einzig mit diesem Briefe geschehen kann, geschehen muß? Sie fühlen nicht, daß er für Edmund nicht existiren darf? Daß ihm nie eine Ahnung kommen darf, daß solch ein Brief jemals für ihn geschrieben ward? Geben Sie her, sage ich!

Johanna.

Damit Sie ihn vernichten?

Frau Westerholz.

Zerreiße — verbrenne — vernichte! Ja, ja! (Streckt die Hand aus.) Warum zaudern Sie, in aller Welt?

Johanna.

Weil meine Ansicht über die Bestimmung dieses Briefes durchaus von der Ihrigen abweicht, Frau Westerholz.

Frau Westerholz.

Also wollen Sie —

Johanna.

Das thun, was Pflicht und Natur gebietet: ihn Edmund geben.

Frau Westerholz
(tritt dicht auf sie zu).

Ich will die Gedanken Ihres Herzens lesen, die hinter diesem unerhörten, rasenden Entschlusse lauern! Ich weiß, daß Sie viel zu ruhig überlegen, um nicht genau zu wissen, wohin er führen muß! Also Sie geben ihm den Brief — und er geht —

Johanna.

Ja wohl, ich weiß, das ist die eine Möglichkeit.

Frau Westerholz.

Aber ich weiß, daß Ihr Herz dazu sagt: „Er wird doch nicht gehen!" Denn er kann nicht gehen, Sie haben sein Wort, und das Manneswort ist kein Vorrecht der adligen Leute! Nein, Edmund Westerholz wird nicht gehen — und wenn er bleibt —

Johanna.

So will ich ihm zu Füßen fallen und ihm danken — danken — danken!

Frau Westerholz.

Und sich dabei in dem süßen Gedanken wiegen, daß, so wie Sie ihm Alles gaben, Ihren Reichthum und Ihre stolze Familie, er nun Gleiches mit Gleichem vergilt und Ihnen sein Alles hingiebt, nicht wahr? nicht wahr?

Johanna.

Sie waren ja auch dereinst die Frau eines Mannes — aber wenn sie es je gewußt haben, so müssen Sie wirklich schon lange vergessen haben, was es heißt, einen Mann zu lieben.

Frau Westerholz.

Ich verbiete Ihnen, zu sagen, daß Sie ihn lieben, Sie, die Sie glauben, mit ein paar sentimentalen Thränen das Gift hinwegwaschen zu können, mit dem Sie ihm sein Leben vergällen!

Johanna.

Und wenn er nun da hinten sitzt in dem verlorenen Winkel an der russischen Grenze — und unterdessen der Andere die Lorbeeren pflückt, die für ihn blühten — und wenn dann einmal das Gerücht in die trostlose Kammer tritt, in der er sitzt, und ihm in's Ohr flüstert: Alles dieses war Dein — aber das Weib hat den Brief unterschlagen, der Dich zum Ruhme rief — das Weib, das wie eine bleierne Last an den Flügeln Deines Geistes hängt — und wenn er sich dann aufrafft in dunkler, schrecklicher, verzweifelter Stunde — und sich über die Kissen des Bettes neigt, in welche sie ihren Kummer weint — und dieses Weib tödtet — (sie wirft sich auf den Stuhl, die Hände vor das Gesicht legend) o — o — o — dürfte ich sagen — Du thust mir Unrecht?

Frau Westerholz.

Nun ja, es ist wahr: so oder so, sein Leben ist ver= loren.

Johanna
(dumpf für sich).

Und das von der Frau, in der ich einst die Mutter suchte!

Vierter Auftritt.

Edmund (zu den Vorigen).

Edmund.

Nun, da treffe ich Euch ja zusammen — guten Tag.
(Wirft sich unwirsch auf einen Stuhl.)

Vierter Akt.

Frau Westerholz.

Du siehst angegriffen aus, Edmund; ist das von der Reise?

Edmund.

Vermuthlich.

Frau Westerholz.

Wann bist Du zurückgekommen?

Edmund.

Eben diesen Augenblick.

Frau Westerholz.

Hast Du mit dem Director gesprochen?

Edmund.

Nun, dazu, denk' ich, bin ich hingereist.

Frau Westerholz.

Was ist es für ein Mann? Wie gefällt er Dir?

Edmund.

Vortrefflich, vortrefflich; sollte ich so unpraktisch sein, zu sagen, daß er mir nicht gefällt, da er genau das ist, was ich in zehn Jahren sein werde?

Frau Westerholz.

Hast Du die Stelle?

Edmund.

Noch nicht.

Frau Westerholz.

Du hast die Stelle noch nicht?

Edmund.

Nein — ich konnte ihm noch nicht zusagen — ich mußte noch einmal hinaus aus der Galeere mit dem Bewußtsein, daß ich noch nicht angeschmiedet, daß ich noch frei sei — wenn auch nur für Stunden noch.

Frau Westerholz.

Aber Du weißt, daß Du sie haben mußt.

Die Herrin ihrer Hand.

Edmund.

Ja doch, ich weiß es. Von hier aus will ich an ihn schreiben.

Johanna.

Aber zuvor lies das hier, Edmund.

Frau Westerholz
(leise zu ihr).

Unglückselige!

Edmund.

Was ist? Was habt Ihr da? Einen Brief?

Johanna.

Ja, der für Dich in Deiner Abwesenheit ankam.

Edmund
(nimmt ihr den Brief ab).

Das ist ja englisch — aus London? Was ist das? Von wem kommt das?

Johanna.

Von der englischen Akademie.

Edmund.

Von wem? (Durchfliegt den Brief, murmelnd.) Wenn Sie bereit sind — (Aufjauchzend.) Ha, ha, ha — ob ich bereit bin! Auf zehn Jahre! Mein Leben lang! Mein Leben! und die Ewigkeit dazu! Mutter — Johanna! Ihr habt den Brief gelesen und steht wie steinerne Säulen da und fliegt mir nicht entgegen? Es giebt also doch wirklich einen Gott, der den großen Haushalt dieser Welt führt und dafür sorgt, daß die Menschen, die zu etwas Anderem bestimmt sind, nicht in Sumpf und Moor an der russischen Grenze verkommen! Ah — ob es eine Ahnung war, daß ich dem Director noch nicht zusagte!

Johanna.

Du hast nur den Anfang gelesen, lies den Brief zu Ende.

Vierter Akt.

Edmund.

Was kommt noch? (Schlägt hastig um und liest; während des Lesens verdüstern sich seine Züge.) Ah, Fluch — Fluch! (Er schleudert den Brief zur Erde, auf- und niedergehend.) Verdammter, schändlicher Brief!

Frau Westerholz.

Edmund, Edmund, mein Sohn —

Edmund
(ohne auf sie zu hören).

Du da oben, den man Gott oder Schicksal — und den ich Teufel nenne! Höhnischer Teufel! Warum hast du das gethan? Brutal sein, Einem die Hoffnung zertreten, ehe sie entstand, das ist nichts! Aber grausam sein, wie die Katze, die mit der Maus spielt! Einen zweimal an die Seligkeit heranführen, sie Einem zweimal zeigen, daß man sie mit Händen greifen kann, und dann zu sagen, so schön ist sie, aber für dich ist sie nicht — das — das ist infam!

Frau Westerholz.

Edmund, mein Sohn — es ist nicht die Schuld Deiner Mutter, daß dieser Brief in Deine Hände und dieser Schmerz in Deine Seele gelangte — nun es aber geschehen ist, mußt Du mir sagen, was wir auf den Brief antworten sollen.

Edmund.

Was soll diese Frage? Du weißt allein, welche Antwort ich geben muß.

Frau Westerholz.

Allerdings, mein Sohn —

Edmund.

Soll ich zu ihr sagen: warte zehn Jahre, hungere zehn Jahre, bis daß ich vielleicht wiederkomme und Dich heirathe? Ha ha ha — da steht's ja geschrieben: (rafft den Brief auf) es ist schon ein Anderer da, den mein Gedanke interessirt! Er wird dahin gehen, er wird den Ruhm pflücken, der mir gebührte — er — er — denn ich bin nicht mehr frei! Meine Ehre ist verpfändet!

Johanna
(tonlos).

Deine Ehre — Edmund, ich habe Dir zweierlei heute abzuliefern: das Erste ist der Brief, den ich Dir gab — das Zweite ist dies? — (Sie zieht einen Ring vom Finger und reicht ihn ihm hin.)

Edmund.
Was soll das — der Ring, den ich Dir gab?

Johanna
(hält ihm den Ring hin).

Und den ich hier zurückgebe. Nimm ihn — sonst fällt er zu Boden und man tritt mit Füßen darauf — würdest Du das wollen?

Edmund
(nimmt zögernd den Ring).

Johanna — so schnell bist Du entschlossen?

Johanna.
Ja — denn das Band, das zwei Menschenherzen in Noth und Trübsal des Lebens aneinander halten soll, muß aus stärkerem Stoffe gewebt sein, als aus der Verpflichtung der Ehre.

Edmund.
Ah — es hat Dich beleidigt —

Johanna
(mit tief schmerzlichem Lächeln).

Beleidigt? So mußt Du nicht sprechen, dazu ist diese Stunde zu groß. — Du weißt, daß ich Dir meine Hand aufdrängte —

Edmund.
Johanna!

Johanna.
Daß ich Dir meine Hand aufdrängte, weil ich wollte, daß Du Dein Ziel erreichtest — ich träumte einst, daß ich Dir zur Seite stehen würde, wenn Du es erreicht haben würdest — daß Du es durch mich erreichen würdest — es war ein so schöner Traum — zu schön — als daß er Wirklichkeit werden konnte — aber mein Wille ist noch der alte

Vierter Akt.

Du sollst Dein Ziel erreichen — schreibe an die Akademie — Du bist frei.

          Edmund.

Wie diese bebenden Lippen — dieses — bleiche Gesicht mich anklagen! Und wenn ich es wollte, wenn ich ginge was würde aus Dir?

          Johanna
          (kurz).

Dafür sorge nicht; ich brauche zum Lebensunterhalt Niemanden.

          Edmund.

Und mit solchem Opfer soll ich meine Zukunft erkaufen? Wer giebt mir einen Rath in dieser gräßlichen Lage?

          Johanna.

Ich will ihn Dir geben, denn ich erkenne in dieser Stunde, daß das Schicksal zwei große Gaben für den Menschen besitzt: die eine ist die Liebe, die andere ist der Ruhm, und diese beiden fallen selten in eine und dieselbe Hand. Dir bietet es heute den Ruhm; nimm ihn, Edmund, sonst vielleicht — verlörest Du beides.

          Frau Westerholz
          (zu Johanna).

Sagen Sie mir, war alles dies beschlossene Sache bei Ihnen schon vorhin?

          Johanna.

Wohl möglich, daß es das war.

          Frau Westerholz.

Warum verschwiegen Sie es dann?

          Johanna.

Weil ich es Ihrem Sohne sagen konnte, doch Ihnen nicht.

          Frau Westerholz.

Warum nicht mir?

          Johanna.

Wollen Sie es wissen? — Ich kam zu Ihnen, reich, glücklich, liebend und geliebt — Sie stießen mich zurück.

Gott weiß es, wie ich es empfand — aber er weiß auch, daß ich es Ihnen vergab, — Sie kamen zu mir, als ich arm war und unglücklich — so unglücklich, als ein Weib auf dieser Welt zu werden vermag — und in dieser Stunde, als ich Ihnen auf den Knien für ein Wort der Güte, einen Hauch des Trostes gedankt hätte, brachten Sie mir nichts als Ihren Haß. — In dieser Stunde, Frau Westerholz, habe ich Sie verachtet!

(Dumpfe Pause.)

Fünfter Auftritt.

Wirthin (zu den Vorigen).

Wirthin.

Da ist ein Herr gekommen — ich weiß gar nicht recht, was er will.

Frau Westerholz.

Nannte er seinen Namen nicht?

Wirthin.

Ich denke, Herr von Moorsberg heißt er.

Johanna.

Ah — der?

Frau Westerholz
(zur Wirthin).

Lassen Sie ihn ein.

(Wirthin ab.)

Edmund.

Was will dieser Mann?

Johanna.

Ich weiß es nicht, doch mir ahnt, daß er den Zeiger der Zeit bedeutet, der auf die Scheidestunde weist — daß es Zeit ist, aus dem Traum zu erwachen — wenn dieser Mann die Schwelle überschritten haben wird, müssen wir wachen — darum — Herr Westerholz — ach — (Sie bricht auf dem Stuhl zusammen.)

Vierter Akt.

Edmund.

Dieser Ton!

Johanna
(springt auf, fällt ihm um den Hals).

Noch ist es erlaubt — noch einmal — zum letzten Mal in diesem Leben — Edmund — mein Geliebter — lebe wohl — werde glücklich — lebe wohl!

Edmund.

Mein Herz und mein Kopf sind im Aufruhr wider einander — Johanna! Johanna!

Sechster Auftritt.

Moorsberg (tritt auf und geht, mit kurzer Verbeugung gegen die Uebrigen, auf Johanna zu).

Moorsberg
(leise zu Johanna).

Ich habe Sie etwas zu fragen — ich weiß, daß der Brief zuerst in Ihre Hände gelangte —

Johanna
(fährt zurück, leise).

Sie also — sind jenes korrespondirende Mitglied.

Moorsberg.

Ich bin es und ich komme im Auftrage der Akademie — sagen Sie mir — las er den Brief? Wenn nicht, so kommt kein Wort über meine Lippen — ich spreche von Gleichgültigem.

Johanna.

Ich selber gab ihm den Brief — er wird gehen — und Ihnen habe ich nur eins noch zu sagen.

Moorsberg.

Sagen Sie —

Johanna
(heiser flüsternd).

Sie verstehen Ihr Handwerk — Henker — machen Sie Ihr Werk rasch ab.

Moorsberg (zusammenzuckend).

O — — Herr Westerholz, die englische Akademie beauftragt mich —

Edmund.

Sie, mein Herr? Sie?

Moorsberg.

Ja, ich schrieb an sie von Ihrem Project. Sie beauftragt mich, Ihnen Glück zu wünschen und Ihnen zu sagen, daß sie die größten Erwartungen daran knüpft. — Für den Fall, daß Sie bereit sind —

Johanna
(laut).

Herr Westerholz ist frei und bereit, ich habe unsere Verlobung soeben aufgehoben.

Moorsberg.

Dann erlaube ich mir, Ihnen diese Anweisung auf das Bankhaus, dessen Adresse Sie hier sehen, zu überreichen, (händigt ihm einen verschlossenen Brief ein.) Sie werden Ihren Weg über Triest und Alexandrien nehmen; wenn Sie umgehend abreisen, finden Sie in Alexandrien das englische Postschiff, welches Sie durch das Rothe Meer an den Ort Ihrer Entdeckung tragen wird.

Edmund.

Wie mir das Weltenmeer aus diesen Worten entgegenrauscht! Wie sie an mein Ohr bringen gleich dem Posaunenruf der thatenreichen Welt! Traum meiner Jugend, Inbegriff der Gedanken des Mannes — Johanna — Fräulein von Steinberg — warum mußte Ihr Schicksal Sie an die Seite eines Mannes treiben, der nicht mehr Herr seiner Seele war vom Tage an, da er seine Seele zuerst empfand!

Johanna
(mit letzter Anstrengung).

Gehen Sie — Herr Westerholz — Sie wissen, daß ich Ihren Entschluß billige — gehen Sie.

Edmund.

Mutter — blicke hin, sieh sie an — ich darf nicht mehr zu ihr reden, denn eine Feigheit wäre es, wenn ich jetzt von

Vierter Akt.

ihr Vergebung erbäte — Du hast viel an ihr verbrochen, sühne es an ihr — sorge für sie! und sage ihr — von dem Manne — den sie einst mit süßem Namen nannte — daß er nicht von ihr geht als ein Undankbarer, Treuloser — daß er sie verläßt — weil er muß! weil er muß!
(Er umarmt die Mutter und geht eilends ab.)
(Pause.)

Johanna
(steht wie versteinert mitten in der Stube).

Wie dunkel dieses Zimmer ist — wie öde dieses Zimmer ist — wie jeder Laut hier wiederhallt —

Frau Westerholz.

Setzen Sie sich, mein Kind —

Johanna.

Still — hören Sie es nicht — wie er jetzt unten über den Hausflur geht?

Frau Westerholz.

Wie wollen Sie es hören, da wir so hoch darüber sind?

Johanna.

Ich höre es genau — genau — vier Schritte sind's bis zur Thür — eins — zwei — drei — — jetzt ist er an der Thür — und jetzt — (Sie greift plötzlich mit den Händen in die Luft und taumelt.) Edmund! So konntest Du mich verlassen!

Moorsberg
(fängt sie in seinen Armen auf).

O — o — o — .
(Sie sinkt ohnmächtig in seinen Armen zusammen.)

Frau Westerholz.

Lassen Sie mich ihr helfen; ich habe ein Recht an sie.

Moorsberg.

Geht hinweg von ihr — Euch gab sie Alles, und Ihr vermochtet sie nicht zu lieben — mir versagte sie Alles, und ich liebe sie, inbrünstig wie am ersten Tage!
(Während er sie mit zärtlichster Vorsicht auf das Sopha niederlegt, fällt der Vorhang.)

Ende des vierten Aktes.

Fünfter Akt.

Scene wie im ersten und zweiten Akte. Auf dem Tische im Vordergrunde ein Blumenbouquet.

Erster Auftritt.
Julie. Steubel.

Steubel
(geht auf und ab).
Oeffentlich auspeitschen und an den Beinen aufhängen! Das müßte man mit diesen Bankdirectoren thun! Unsere Gesetze sind Zuckerwasser! Sechs Monate ist sie krank gewesen?

Julie.
Den ganzen Winter hat sie am Nervenfieber gelegen; wir glaubten gar nicht, daß wir sie durchbringen würden.

Steubel.
Veritables Nervenfieber! Ins Zuchthaus mit den Gründern! Denken Sie, meine gnädigste Tante, wie es mir geht: Ich sitze da eines schönen Tages in Monaco —

Julie.
Warum waren Sie eigentlich nach Monaco gereist?

Steubel.
In guten alten Zeiten hätte es Wiesbaden auch gethan. Sie wissen doch, daß man jetzt in Deutschland bei Todesstrafe nicht mehr rouge et noir sagen darf.

Julie.
Ach so — also um zu spielen.

Steudel.

Na ja; den Kavalieren hat man ihre unschuldigen Passionen verboten, und den Börsenjobbern erlaubt man, den Menschen die Hälse abzuschneiden. Wir leben in einer schauderhaft plebejischen Zeit. — Ich sitze also in Monaco — lese die Zeitung — mit einem Male sehe ich: die Bank ist pleite. Donnerwetter, sage ich mir, dann sind ja Steinbergs futsch —

Zweiter Auftritt.

Arthur (von links zu den Vorigen).

Arthur.

Steinbergs sind futsch? Es scheint Dir recht nahe gegangen zu sein?

Steudel
(streckt ihm die Hand entgegen).

Mein guter Junge — ich gratulire Dir.

Arthur.

O laß Deine schlechten Witze.

Steudel.

Ich weiß, was ich sage, ich gratulire Dir — Du wirst nun wieder ein Gentleman werden und das verdammte Speculiren lassen.

Arthur.

Ja, das glaube ich; wohl oder übel.

Steudel.

„Ein Mensch, der speculirt" — daß ich doch nie weiß, wie der verwünschte Vers weiter geht — es ist gut, wenn Ihr zusammenkracht, Ihr Börsenspeculanten! Die oberen Zehntausend sollen nicht speculiren!

Arthur.

Aber spielen sollen sie; wie?

Steubel.

Lieber ein liederlicher Hund als ein Plusmacher; siehst Du, Arthur, das muß ich Dir gestehen: als Deine Schwester damals diesem armen Teufel, dem Columbus Westerholz so schlank weg ihre Hand reichte —

Julie.

O, Herr von Steubel!

Steubel.

Meine gnädigste Tante, mir schauderte die Haut, als ich davon hörte, verlassen Sie sich darauf — aber leugnen kann ich es nicht, daß sie mir trotzdem kolossal imponirt hat. Donnerwetter, es war eine schneidige Geschichte! Ein famoses Frauenzimmer!

Julie.

Aber, mein Herr!

Steubel.

Ach, pardon! Uebrigens — wie hat sich denn der Moorsberg in der Geschichte benommen?

Arthur.

O — er war wirklich ein Helfer in der Noth.

Julie.

Ob er das war! Denken Sie sich — eines Tages — es war ein Sonnabend — nein Freitag! — nein doch, ein Sonnabend — ich hatte gerade Wäsche gehabt — stellen Sie sich vor, Herr von Steubel, daß ich in dieser Zeit unsere Wäsche selbst habe besorgen müssen.

Steubel.

Ein Zeichen, welch ein famoser Schneid in Ihnen steckt, gnädigste Tante.

Julie.

Er kommt also zu mir — Herr von Steubel, wie sah der Mann aus! Er spricht kein Wort — faßt mich unter

Fünfter Akt.

den Arm, führt mich an einen Wagen, der draußen hält — und fort geht es. „Aber wo fahren wir denn hin," frage ich — kein Wort — schüttelt blos mit dem Kopf. Wir fahren — ich weiß nicht wohin — bis an's andere Ende der Welt; in einer gräulichen Straße vor einem gräulichen Hause hält der Wagen an; wir steigen vier — stellen Sie sich vor — vier entsetzliche Treppen hinauf — mir wurde ganz schwach — wir treten in ein abscheuliches kaltes feuchtes Zimmer — und da liegt auf dem Sopha — im schrecklichsten Fieber — unsere Johanna.

Steudel
(zieht ein großes Taschentuch).

Hören Sie auf — ich sehe nicht so aus, aber ich kann so etwas nicht hören — ich habe ein gräßlich weiches Herz. Und dann brachten Sie sie hierher?

Julie.

Ja, sehen Sie, das habe ich noch immer nicht begreifen können; denn dies Haus gehörte uns doch eigentlich gar nicht mehr — und dennoch leben wir darin, als hätte es uns immer gehört.

Arthur.

Es gehört uns auch wieder — sozusagen.

Steudel.

Wem hat es denn unterdessen gehört?

Arthur.

Ihm — Herrn von Moorsberg — aber bitte, laß das jetzt — (mit einem bezeichnenden Blick auf Julie).

Julie.

Das verbitte ich mir, Arthur.

Arthur.

Was verbittest Du Dir, in aller Welt?

Julie.

Daß Du solche Blicke auf mich wirfst und Geheimnisse vor mir hast. Was hat Herr von Moorsberg mit dem Hause gemacht?

Arthur.

Beruhige Dich, liebe Tante; ich darf es Dir nicht sagen; denn er hat es streng verboten und sein Wille muß uns Gesetz sein.

Steubel.

Na, meine gnädigste Tante, was wird's denn weiter sein? Er hat Ihnen aus der Patsche geholfen. Die oberen Zehntausend müssen sich untereinander unterstützen, das ist corps d'esprit — wollte sagen esprit de corps. — Ich gehe jetzt auf's Kasino, die Zeitungen lesen. — Ich habe nämlich eine Wette zu stehen und bin verpflichtet, täglich ein paar hundert Zeitungen zu lesen — aha — (blickt in den Garten) kommt da nicht das kranke Fräulein? Jemine — sie sieht schmählich blaß aus.

Arthur
(blickt in den Garten).

Jawohl — mit dem alten guten Stich, dem Justizrath. Wir müssen gehen — der Arzt hat ihr Gesellschaft verboten.

(Julie setzt sich auf das Sopha an der Gartenthür.)

Arthur.

Bitte, Tante Julie —

Julie.

Mein Gott, so geht doch — ich werde doch hier sitzen dürfen?

Arthur
(mit Steubel in die Thür rechts tretend).

Nein, ich bitte dringend — bleibe jetzt nicht hier.

Steubel.

Mein Gott, meine gnädigste Tante — na da sind sie schon — adieu! (Ab nach rechts.)

Dritter Auftritt.

Johanna, Stich (kommen durch die Gartenthür. Johanna, an Stich's Arm hängend, abgespannt).

(Julie steht auf, geht auf Johanna zu.)

Arthur.

Tante Julie — ich habe Dir etwas zu sagen.

Julie.

Siehst Du, Johanna, diese Männer sind Grobiane. Nur Einer ist anders — Einer ist ein Engel, mein Kind.

Arthur.

Tante Julie!

Julie.

Ich komme ja schon!

(Arthur, Julie ab nach rechts.)

Stich
(zu Johanna).

Sehen Sie, mein liebes Kind, es ist Alles beim Alten: selbst Tante Julie ist ziemlich eben so, wie sie immer war. — Na? wie steht es? hat uns der Spaziergang müde gemacht?

Johanna
(matt).

Ein wenig — o sehen Sie — da sind sie wieder! (Geht an den Tisch und hebt die Blumen aus der Vase.)

Stich.

Ja ja, die Blumen!

Johanna.

Seit ich aus meiner Krankheit wieder zu mir kam, stand jeden Tag ein solches Bouquet an meinem Bette — und seit ich aufgestanden bin, finde ich sie täglich auf diesem Tisch. Welch ein Duft — es sind immer meine Lieblinge.

Stich.
Also jedenfalls von Einem, der Sie kennt.

Johanna.
Wissen Sie, wen ich in Verdacht habe?

Stich.
Nun?

Johanna.
Ja, spielen Sie nur den Unschuldigen.

Stich.
Doch nicht gar etwa mich?

Johanna.
Von Arthur sind sie nicht, auch von der Tante nicht, das hat mir unser alter Gärtner verrathen. Also, wer bleibt übrig?

Stich.
Sieh' Einer an, was solch ein Dämchen denkt; ich alter Aktenwurm werde ihr Blumen schenken.

Johanna.
Wie nur solch ein böser Mensch ein so gutes Herz haben kann. — Ach, wissen Sie, es freut mich doch sehr, daß wir aus dem Schiffbruche unseres Vermögens so viel retteten, um dies Haus zu behalten. (Setzt sich in einen Lehnstuhl.) Ich weiß nicht, was es ist — aber seit ich hier bin, habe ich ein Gefühl, als würde ich auf unsichtbaren Händen getragen; — warum blicken Sie mich so sonderbar an?

Stich.
Weil es mich freut, daß Sie das Alles so tief empfinden.

Johanna.
Sie brachten mich von dort — Sie wissen, aus meiner damaligen Wohnung — hierher, nicht wahr?

Stich.
Nein, liebes Kind, ich nicht.

Johanna.

Sie nicht? Aber — Sie waren doch bei mir in dem Augenblick —

Stich.

In dem Augenblick?

Johanna.

Als — als er ging?

Stich.

Ach so — nein, da war ich nicht zugegen.

Johanna.

Nicht? — Bitte, setzen Sie sich zu mir.

Stich
(setzt sich neben sie).

Aber bleiben Sie nur hübsch ruhig.

Johanna.

Wenn ich in Ihr liebes Gesicht sehen kann, werde ich ganz ruhig.

Stich.

Das glaub' ich; wenn ich einen so langweiligen alten Kerl ansehen müßte, würde ich auch ruhig werden.

Johanna.

Ich erinnere mich doch genau, Sie den Tag bei mir gesehen zu haben?

Stich.

Ja, ich war vorher bei Ihnen; aber in dem Augenblick nicht.

Johanna.

Aber es war ein Mann zugegen — wer war das?

Stich.

Wie soll ich das wissen? Scheint mir aber auch sehr gleichgültig zu sein.

Johanna.

Nein, das ist es nicht; ich will Ihnen auch sagen, warum. Ich glaube, ich wurde ohnmächtig damals — und dieser Mann — hielt mich in seinen Armen.

Stich.

Nun? sollte er Sie zu Boden stürzen lassen?

Johanna.

Und — wenn Sie es nicht gewesen sind — dann also — war es er!

Stich.

Er? Herr von Moorsberg?

Johanna
(bedeckt ihr Gesicht mit den Händen).

O still —

Stich
(entfernt sanft ihre Hände).

Johanna, mein Kind, was geht in Ihrer Seele vor?

Johanna.

Erlassen Sie es mir!

Stich.

Denken Sie, daß ich Ihr Vater sei, dem Sie Alles vertrauen dürfen; sagen Sie mir Alles, ich bestehe darauf.

Johanna.

Hilflos — besinnungslos in den Armen dieses Mannes!

Stich.

Wissen Sie nicht, daß ein hilfloses Weib in den Armen eines Mannes ein Heiligthum ist?

Johanna.

Ich fürchte mich vor ihm! Wie ein Verhängniß geht er meinem Leben nach. Alle diese tödtlichen Nachrichten, die mein Leben zertrümmerten, wer brachte sie mir? Er!

Stich.

Aber das Schicksal wählt zu Boten seiner schlimmsten Nachrichten häufig diejenigen, die es am besten mit uns meinen; und Sie wissen, denke ich, daß dieser Mann Sie liebte?

Johanna.

Aber er haßte — ihn.

Stich.

Herrn Westerholz? Er haßte ihn? Und schrieb er nicht für ihn an die englische Akademie?

Johanna.

Das eben ist es ja! Um ihn von mir zu reißen.

Stich.

War Herr von Moorsberg nicht zugegen, als Ihr Bruder vor aller Welt den Plan des Herrn Westerholz enthüllte? Kam Ihnen denn nie der Gedanke, daß er schon damals an die Akademie geschrieben haben kann?

Johanna.

Glauben Sie das —?

Stich.

Das glaube ich, ja; und wenn es so war, dann gestehen Sie mir, daß seine Handlungsweise so vom reinsten Interesse eingegeben war —

Johanna.

So sehr, als Sie ein guter Vertheidiger sind. Aber eine innere Stimme sagt mir, daß er den Brief erst schrieb, als er Alles wußte, was später geschah — als er wußte, daß ich ihm versprochen und daß ich nicht mehr die reiche Johanna von Steinberg war!

Stich.

Hm, hm — diese inneren Stimmen der Frauen, bei denen das Herz immer den Souffleur spielt. Er riß ihn von

Ihnen? Und Sie selbst, denke ich, gaben Herrn Westerholz die Freiheit?

Johanna.

Wissen Sie denn nicht, daß es Lagen im menschlichen Leben giebt, wo es ein Verbrechen ist, ein Opfer nicht zu bringen?

Stich.

Ja — aber auch ein Verbrechen, das Opfer anzunehmen.

Johanna.

Schmähen Sie ihn nicht. Sein Gedanke war sein Schicksal. Aber Ihnen, mein Vormund, Ihnen, dem Einzigen unter allen Menschen, will ich gestehen, daß ich in jener Stunde erfahren habe, daß das Herz der Frau anderer Art ist, als das des Mannes: Ich hätte nicht gekonnt, was er vermochte, ich wäre nicht gegangen. (Sie lehnt ihr Haupt an Stich.)

Stich.

Mein armes, liebes Kind!

4. Auftritt.

Julie (durch die Gartenthür zu den Vorigen).

Julie.

Na, Gott sei Dank, nun finde ich Dich einmal allein. Wie hast Du geschlafen, mein Engel? gut? Wie geht es Dir? wie fühlst Du Dich? gut? Das freut mich.

Stich.

Der Arzt hatte verboten —

Julie.

Sieh diesen Justizrath; thut er doch, als ob er Dich ge= pachtet hätte. Mein Kind, was ich Dir zu erzählen habe —

Stich.

In allem Ernst, gnädiges Fräulein —

Julie.
Ach, seien Sie doch nicht langweilig. Gefallen Dir die Blumen? ja nicht wahr? Wie sollten sie auch nicht schön sein, wenn sie von solch einem Manne kommen.
Stich.
Fräulein Julie!
Johanna.
Was ist mit diesen Blumen? Von wem kommen sie?
Julie.
Von wem kommt denn unser Wohlstand? Wem verdanken wir, daß wir wieder in diesem Hause wohnen?
Johanna.
Was bedeutet das Alles? Das Haus ist also nicht das unsrige?
Stich.
Jawohl, es ist das Ihrer Familie.
Julie
(kichernd).
Na ja, schon recht; aber die Geschichte hat doch ein Häkchen.
Johanna.
Wem gehört dies Haus?
Julie
Bleibe doch nur ruhig, mein Engel.

Fünfter Auftritt.
Arthur (von rechts zu den Vorigen).

Arthur
Tante Julie — nun ja, ob ich es dachte.

Johanna.
Arthur — wem gehört das Haus, das wir bewohnen?

Arthur.
Es gehört uns.
Johanna.
Haben wir es aus dem Bankerott gerettet?
Arthur.
Es war subhastirt worden — und ich habe es zurück=
gekauft.
Johanna.
Von wem?
Arthur.
Von — von Herrn von Moorsberg.
Johanna.
Von Herrn von Moorsberg — aber womit hast Du es
zurückgekauft, da wir all' unser Vermögen verloren hatten?
Stich.
Aber, liebes Kind, Sie werden ja reinweg zum Advokaten.
Johanna.
Womit, Arthur?
Arthur.
Das Kaufgeld — nun — das hat er mir gestundet.
Johanna
(wirft die Blumen fort).
Dann weiß ich Alles!
Stich
(hebt die Blumen auf und setzt sie in das Glas zurück).
Wissen Sie Alles? Gut — dann wissen Sie, wie ein
edler, feinfühlender Mann handelt.
Johanna.
Ich weiß, daß ich sechs Monate lang in seinem Hause
gewohnt habe — daß diese Blumen, die mich täglich erquickten
— dies Alles, was mich so wohlthuend umgab — mir von
ihm geschenkt ward — von ihm — o —

Fünfter Akt.

Sechster Auftritt.

Moorsberg
(der während des Letzten, Johannen unbemerkt, eingetreten ist).

Ja — und ich beklage, daß es Ihnen verrathen und dadurch der Genuß an Allem vergällt ward.

Johanna
(ohne Meersberg anzusehen).

Ah — mein Herr — ich denke, es kann Ihnen nur lieb sein, zu wissen, daß ich die Last der Verpflichtungen erfuhr, die ich gegen Sie habe.

Moorsberg.

Darauf, Fräulein von Steinberg, habe ich nur zu erwidern, daß Sie gegen mich keine Verpflichtungen haben.

Arthur.

Sie thun sich Unrecht, Victor, wir Alle haben Verpflichtungen gegen Sie.

Moorsberg.

Sie Alle vielleicht, aber Ihre Schwester nicht. — Mein Fräulein, glauben Sie mir, daß es nicht eitle Bescheidenheit ist, die solche Dinge nur ausspricht, um sich selbst widerlegt zu hören, was mich so zu sprechen zwingt; man schuldet dem Menschen keinen Dank, der nichts gethan hat, als was seine Pflicht gebietet.

Johanna
(wendet sich zu ihm).

Ihre Pflicht gegen mich? Mein Herr, man muß ein Recht haben, Pflichten gegen den Anderen zu übernehmen; hatte ich es Ihnen eingeräumt?

Moorsberg.

Nein — ich habe es mir genommen.

Johanna.

Ah so — und wie nennen Sie den, der sich gewaltsam etwas nimmt, wozu ihm das Recht nicht zugestanden ward?

Moorsberg.

Einen Verbrecher, wenn er es in frevelhaftem Eigennutze that; einen Unglücklichen, wenn er es that, um Glück dadurch zu stiften und Unheil schuf.

Stich.

Wollen wir nicht lieber dieses Gespräch verschieben? Es wird sich eine bessere Gelegenheit dazu finden, wenn Sie bei Kräften sind —

Johanna.

Nein, beunruhigen Sie sich nicht, ich fühle mich kräftig genug, um Herrn von Moorsberg eine Frage zu stellen, die ich ihm stellen muß, um zu wissen, ob ich noch eine Secunde länger in diesem Hause bleiben darf.

Stich.

Welche Frage?

Johanna.

Die Frage, zu welcher der beiden Menschenarten, die er soeben genannt, ich ihn zu rechnen habe.

Arthur.

Johanna! Johanna!

Johanna.

Natürlich nur, wenn Herr von Moorsberg sie zu beantworten gewillt ist.

Moorsberg.

Ja, ich will.

Johanna.

Sie wollen. Doch ich glaube, daß es Ihnen lieber sein wird, mir diese Frage allein zu beantworten. (Sie blickt sich zu den Uebrigen um.)

Moorsberg.

Ich verstehe Ihre Absicht und erkenne sie mit Dank an.

Julie.

Sollen wir Dich verlassen, Johanna?

Johanna.

Ja, ich bitte Euch darum.
(Julie, Arthur, Stich gehen flüsternd durch die Gartenthür ab.)
(Kurze Pause.)

Johanna.

Mein Herr, die Frage, die ich Ihnen vorlegen will, soll kurz sein, und damit Sie mich nicht ungerecht nennen, will ich Ihnen die beiden Möglichkeiten zeigen, wie Sie dieselbe beantworten können: Sagen Sie mir also, bitte: schrieben Sie den Brief an die englische Akademie schon damals, als Sie zuerst von Herrn Westerholz' Project erfuhren, oder schrieben Sie ihn erst dann, als Sie wußten, daß wir einander versprochen waren und als Sie das Unglück kannten, das unsere Familie betroffen hatte?

(Pause.)

Johanna.

Ich glaubte, Sie wollten mir Antwort geben, Herr von Moorsberg.

Moorsberg.

Ja, doch Sie müssen einem Menschen, den Sie zum Tode verurtheilen, Zeit lassen, sich zu fassen.

Johanna.

Diese Antwort bedeutet —

Moorsberg.

Daß ich den Brief schrieb, als Alles dies geschehen war und als ich Alles wußte.

Johanna.

Ah — — Und Sie kannten die Bedingung, die man an die Berufung knüpfen würde?

Moorsberg.

Ja — ich kannte diese Bedingung.

Johanna
(sich halb aufrichtend).

Sie kannten sie! — Gut, mein Herr, diese erste Frage haben Sie redlich beantwortet; dies Lob muß ich Ihnen laſſen. Nun aber habe ich eine zweite an Sie zu richten und ich verlange, daß Sie mir, ſofern ſie den Anſpruch machen, ein Ehrenmann zu heißen, auch dieſe wahrhaft beantworten, Herr von Moorsberg: Was hatte ich Ihnen gethan, daß Sie mir das thaten?

Moorsberg
(zuſammenzuckend).

Was Sie mir — — An dieſer Stelle war es — Fräulein von Steinberg, wo ich von Ihnen hörte, daß Sie Herrn Weſterholz Ihre Hand gereicht hatten. — Ich gehe ſonſt wenig in Klubs und Geſellſchaften — an jenem Abende und von da an jedem folgenden ging ich in jeden Klub, jedes Kaſino und jede Geſellſchaft und ließ die Menſchen wiſſen, daß für das erſte Wort, das Ihren Schritt verumglimpfte, Ihren Namen antaſtete, meine Piſtole Rechenſchaft verlangen würde — und man wußte, daß Victor von Moorsberg auf Löwenjagden in Afrika ein ſicheres Auge und eine feſte Hand erworben hatte — und kein läſterndes Wort wagte ſich an Johanna von Steinberg und den Mann, den ſie erwählt hatte. So that ich an dem Tage, weil ich glaubte, daß Sie glücklich werden würden — und ich hätte Sie gerne glücklich geſehen. — Es kam jener andere Tag, an dem ich Ihnen die Nachricht von dem Ruine Ihres Vermögens brachte. Ich habe viel' Menſchen geſehen, habe vielfach im großen Buche der menſchlichen Leidenſchaften geleſen — und weiß, daß in der Bruſt, wo der Ehrgeiz ſein Löwengebrüll erhebt, kein Raum iſt für die ſanfte Stimme der ſelbſtloſen Liebe. In jener Stunde ſah ich den Mann, dem Sie Ihr Leben anvertrauen wollten — ich las in ſeinem Antlitz — o, ich las ſcharf — und in ſeinem Antlitz erſchien etwas — wie ſoll ich es beſchreiben — ein Wolkenſchatten — ein Etwas, das mir ſagte: ſie wird unglücklich werden!

Johanna.

Das erfinden Sie! Das laſen Sie in ſeinem Antlitz nicht!

Moorsberg.

Sie geboten mir, Ihnen Wahrheit zu antworten, Fräulein von Steinberg; ich gab Ihnen Wahrheit, ich habe ein Recht, zu fordern, daß Sie mir glauben. Ich wußte in jener Stunde, daß Sie unglücklich sein würden, daß Sie dem tiefsten Leide entgegengingen, das dem Menschen in diesem Leben bereitet ist: der Enttäuschung durch den, den wir lieben. — Da beschloß ich —

Johanna.

Was beschlossen Sie? Wie durften Sie etwas beschließen über das Leben einer Frau, mit der Sie nichts gemein hatten?

Moorsberg.

Ja, ich hatte etwas mit ihr gemein, denn ich kannte einen Mann, der diese Frau tief — heilig — selbstvergessen liebte! Darum wog ich in jener Stunde auf den Schaalen meines Gewissens den Mann, den Sie liebten, gegen den, der Sie liebte — darum beschloß ich, zu prüfen, ob jener Mann bereit sein würde, dem Weibe seinen Ehrgeiz zu opfern, für welches der Andere sein Leben gelassen hätte — zu messen das Recht jenes Mannes an dem Herzen dieses Weibes mit dem Rechte des Anderen —

Johanna.

Wer gab dem Anderen solch ein Recht? Wer gab es ihm?

Moorsberg.

Das gab mir die allmächtige Natur! — Und hätte er die Probe bestanden — bei dem ewigen Gotte schwöre ich Ihnen, ich wäre zurückgetreten wie an dem ersten Tage.

Johanna.

Dann werden Sie sich ja Glück gewünscht haben — daß er — die Probe nicht bestand. — Ah — mein Herr — Sie dachten also nur an das Glück dieser Frau? Es war kein selbstsüchtiger Gedanke in Ihnen? Das Alles, was Sie thaten, war kein Eigennutz? Ah — wie nannten Sie doch den, der sich aus Eigennutz das nimmt, wozu man ihm das Recht nicht einräumte?

Moorsberg.

Sie haben das Recht, mir das zu sagen, aber es war nicht mehr nöthig — ein Anderer sagte es mir vor Ihnen.

Johanna.

Ein Anderer sagte es Ihnen schon? Wer?

Moorsberg.

Der Mann, der dabei stand — der den Jammerschrei Ihres Herzens hörte, als jener Sie verstieß. Ich selbst! In jener Stunde — als ich Sie zusammenbrechen sah unter dem Schlage, den meine Hand nach Ihrem Herzen geführt, — als ich Sie dahingerafft sah von allen Qualen des wüthenden Fiebers — o, seien Sie barmherzig — sechs Monate lang trug ich die Qualen des Mörders in dieser Brust! Vergeben Sie dem Frevler! Vergeben Sie mir! (Er wirft sich an ihrem Sessel nieder und drückt das Haupt auf die Armlehne.)

Johanna.

Ach, Herr von Moorsberg, ich glaube, wir sind Beide sehr unglücklich.

Moorsberg
(sich erhebend).

Aber ich wollte Sie nicht unglücklich werden lassen; wollte Sie glücklich machen! — Thor, der ich war! Habe ich so lange die Welt durchforscht und noch nicht gelernt, daß Menschen glücklich machen wollen sie unglücklich machen heißt? Aber begreifen Sie denn nun, daß es meine Pflicht war, Sie hierher zu führen, Ihnen dieses Haus, dieses Alles vor die Füße zu legen, die der Pfad zerrissen hatte, den ich darunter gebreitet hatte? Ach und es war ein so wundervoller Traum, zu denken, daß diese geliebten Augen, wenn sie sich wieder zum Leben öffneten, sich erquicken würden an diesen Blumen, sich erfreuen würden an allen diesen Dingen liebender Sorgfalt, die Sie umgeben, und still für mich zu wissen, daß meine Blumen es waren, die Ihnen dufteten, meine Hände, die dieses sanfte Reich der liebevollen Aufmerksamkeit um Sie her gebreitet — der Traum ist aus — Sie haben erfahren, daß es von mir herkomme — aber nun hören Sie mich: Sie können jetzt noch nicht fort aus diesem Hause, Sie fühlen es selbst, Sie sind noch zu schwach — bleiben Sie, ich beschwöre Sie, sagen Sie, daß Sie bleiben wollen — ich gehe noch heute — ich verreise — gleichgültig wohin, aber Sie sollen sicher sein — überall dahin werde ich gehen, wo Sie ihn nie mehr sehen sollen, den Mann, den Sie verabscheuen. — Wollen Sie mir auch das nicht sagen? Sie haben kein Wort mehr für mich? — So werde ich denn die Ihrigen zurückrufen. (Er tritt an die Gartenthür.)

Johanna.
Nein, warten Sie. — (Sie bedeckt sich mit der linken Hand die Augen und streckt die rechte nach ihm aus.) Ich glaube, ich that Ihnen Unrecht —

Moorsberg
(bedeckt ihre Hand mit Küssen).

O — o — diese Hand, die die Seligkeit eines Menschen enthält. Wie hat das Leiden sie gebleicht!

Johanna.
Vor dieser Hand lag auch Er dereinst — diese Hand hat auch Er geküßt — und Er ging — (Schluchzend.) O Wille des Schicksals, wie viel stärker bist Du als der Wille des Menschen!

Siebenter Auftritt.

Julie, Steudel (treten von rechts auf, Julie sucht seinen Eintritt zu verhindern).

Julie.
Aber wenn ich Ihnen doch sage, daß Sie nicht hinein dürfen.

Steudel.
Aber, meine gnädigste Tante, sehen Sie denn nicht meinen Paß? (Hebt ein Zeitungsblatt empor, das er in der Hand trägt.) Mein gnädiges Fräulein, (zu Johanna) verzeihen Sie mir meinen Einbruch — aber es ist eine Geschichte passirt — Herrgott, meine gnädigste Tante, lassen Sie mich doch herein — es ist ja eine fabulöse Geschichte! (Tritt ganz herein.)

Julie.
Aber dann sehe ich doch nicht ein, warum ich draußen bleiben soll. (Tritt herein.)

Stich
(erscheint in der Gartenthür).

Kommen Sie, Herr von Steinberg, das Konklave scheint aufgehoben. (Stich und Arthur durch die Gartenthür.)

Steudel
(auf Moorsberg zugehend).

Baron — Prophet! Ich gewinne durch Sie zwanzig Flaschen Champagner! Hier steht's — er hat sie entdeckt. — Columbus — ah, Verzeihung, gnädiges Fräulein —

Johanna.
Von wem sprechen Sie? Was enthält diese Zeitung?

Steudel.
Es ist eine Geschichte, wie sie noch nie dagewesen ist, mein gnädigstes Fräulein: ich versichere Ihnen, ich glaube von jetzt an Spiritisten, Klopfgeister und Mediums — Sie wissen doch, daß Columbus — ah Pardon — daß Herr Westerholz, seit ihn die Engländer nach Asien geschickt haben, der Löwe der Saison geworden ist? Im Kasino ist auf ihn gewettet worden — ein Theil sagte: er findet die Tafeln, der andere sagte: er findet sie nicht! Ich gestehe zu meiner Schande, daß ich anfangs schwankte, ob ich für oder gegen den Assyrer wetten solle — da höre ich, daß der Baron — der allwissende, zehntausend Thaler auf ihn gesetzt hat.

(Johanna sieht Moorsberg staunend an.)

Moorsberg.
Was reden Sie für Sachen? Es ist mir nicht eingefallen.

Steudel.
Aber erlauben Sie mal — Sie haben doch zehntausend Thaler gerichtlich deponirt?

Stich.
So etwas Aehnliches ist mir auch zu Ohren gekommen.

Moorsberg
(sehr verlegen).
Aber es war keine Wettsumme!

Steudel.
Was war es dann?

Fünfter Akt.

Moorsberg.
Ah — das gehört nicht hierher.

Johanna
(zu Moorsberg).
Bezog sich das auf ihn? Auf sein Unternehmen?

Moorsberg
(zu Johanna).
Ja — Sie sollen es erfahren — später.

Steudel.
Na, ich habe es jedenfalls als Wette aufgefaßt — und natürlich setze ich sofort auf den Assyrer — und da steht es: ich habe gewonnen: Dieser Teufelskerl — ah Pardon — hat die Tafeln entdeckt!

Johanna
(nimmt die Zeitung).
Zeigen Sie — Zeigen Sie her!

Steudel.
Bitte, mein gnädiges Fräulein — das roth Angestrichene.

Johanna.
Ja — hier steht geschrieben, was ich wußte, bevor es geschrieben ward: daß sein Gedanke kein leerer Traum war. — Edmund Westerholz — nun werden sich die Menschen beugen vor dem armen Schulmeisterssohn. (Zu Moorsberg.) Sie wußten nichts davon?

Moorsberg.
Ich wußte es — und wußte es früher als durch die Zeitung: ich erfuhr es durch ihn selbst.

Johanna.
Er schrieb an Sie?

Moorsberg.
Gestern früh empfing ich seinen Brief.

Johanna.
Und er schrieb — nur an Sie?

Moorsberg.
Es lag ein Brief für seine Mutter eingeschlossen — ich ließ ihr denselben zugehen.

Johanna.
An Herrn von Moorsberg — an Seine Mutter — und —

Achter Auftritt.
Frau Westerholz (durch die Gartenthür zu den Vorigen).

Johanna.
Ah — hier glaube ich, kommt noch etwas — Frau Westerholz —

Frau Westerholz
(tief ergriffen).

Fräulein von Steinberg — —

Johanna.
Sie bringen mir — einen Brief von ihm?

Frau Westerholz.
So wissen Sie schon davon? Ja, Ihnen mußte ich mittheilen, was mein Sohn mir schreibt.

Johanna.
Was er Ihnen schreibt? — Ah nun — bitte lesen Sie mir, was der Brief enthält.

Frau Westerholz
(zieht einen Brief vor).

Ein Brief — kurz aber reich wie ein Schrei des Entzückens: „Geliebte Mutter, nur ein Wort soll Dir verkünden, daß ich das Ziel meines Lebens erreicht, die assyrischen Tafeln gefunden habe. Jetzt erst fühle ich, daß ich lebe."

Fünfter Akt.

Johanna
(die ihr mit starren Augen gefolgt ist).

Jetzt erst fühlt er, daß er lebt — ja, er ist glücklich — denn wer das fühlt, ist glücklich.

Frau Westerholz.

Er ist es — und ich durch ihn — und wem verdanken wir das?

Johanna.

Nicht mir, Frau Westerholz!

Frau Westerholz.

Ja, herrliches Mädchen — Ihnen — Ihnen!

Johanna.

Nein — denn er ist glücklich ohne mich. Sie hören, daß er mich nicht mehr braucht. — Kommen Sie, Frau Westerholz, wir Beide wollten Ihren Sohn groß und glücklich sehen. — Hier steht der Mann, (zeigt auf Moorsberg) dem wir danken müssen — denn er zeigte ihm den Weg dazu.

Moorsberg.

Mir? Mir? Was sagen Sie?

Johanna.

Daß ich Ihnen danke, daß Sie für ihn an die englische Akademie schrieben.

Moorsberg.

O Himmel — und vorhin?

Stich
(aufstehend).

Ich glaube, es ist Frühling, meine Herrschaften. Kommen Sie in den Garten; wir wollen Veilchen pflücken gehen.

Steudel.

Aber erlauben Sie mal, Herr Justizrath, Veilchen pflücken?

Stich.

Kommen Sie nur; ich werde sie Ihnen schon zeigen.
(Alle bis auf Moorsberg und Johanna durch die Gartenthür ab.)

Johanna.

Wollen Sie mir nun sagen, was es mit jener Summe für eine Bewandtniß hatte, die Sie niedergelegt hatten für ihn?

Moorsberg.

Wohlan: Ich sagte Ihnen, daß, wenn er die Probe bestand, die ich vor seine Seele gerückt hatte, ich zurück= getreten wäre, wie an dem ersten Tage. Wäre Edmund Westerholz dem Weibe treu geblieben, das ihn liebte, so lag das Geld bereit, das ihm die Reise ermöglichte auch ohne die englische Akademie —

Johanna.

Sie wollten das Geld geben?

Moorsberg.

Es waren jene zehntausend Thaler — ja!

Johanna
(sieht ihn groß an).

O. Herr von Moorsberg —

Moorsberg.

Fräulein von Steinberg — ist dies ein Traum des Wahnsinns oder der Glückseligkeit?

Johanna.

Es gab eine Stunde in meinem Leben, da ich das Be= dürfniß der Frau empfand, ein Asyl zu besitzen in dieser furcht= baren unermeßlichen Welt — in jener Stunde fühlte ich mich umschlungen von den Armen eines Mannes —

Moorsberg.

Und ahnen Sie denn, wie diese Arme Sie tragen, Sie schützen sollten dies ganze lange Leben hindurch? (Kniet vor ihr nieder.) Ahnst Du es denn, geliebtes Mädchen, wie ich Dich liebe?

Fünfter Akt.

Johanna
(leise flüsternd).

Victor heißen Sie?

Moorsberg.

Ja, Johanna, das ist mein Name.

Johanna.

Victor bedeutet Sieger, nicht wahr? (Sie beugt sich herab, lehnt die Wange auf sein Haupt und breitet die Arme um seinen Nacken.) Sieger, Du hast gesiegt.

(Auf der Schwelle der Gartenthür erscheinen Julie, Arthur, Stich und Steudel.)

(Vorhang fällt.)

Ende des Stückes.

Im Verlage von Freund & Jeckel in Berlin erschienen früher und sind durch alle Buchhandlungen zu beziehen:

Schriften

von

Ernst von Wildenbruch.

Vionville. Ein Heldenlied. 3. Auflage . . . 1 50
Die Söhne der Sibyllen und der Nornen . . . 2 —
Dichtungen und Balladen . . . . 2 —
Lieder und Gesänge . . . . 2 —
Der Meister von Tanagra. Novelle. 5. Auflage 2 —
Harold. Trauerspiel. 4. Auflage . . . . . 2 —
Die Karolinger. Trauerspiel. 3. Auflage . . 2 —
Christoph Marlow. Trauerspiel . . . . . 2 —
Der Menonit. Trauerspiel. 2. Auflage . . . 2 —
Opfer um Opfer. Schauspiel . . . . . . 2 —
Väter und Söhne. Schauspiel . . . . . . 2 —
Kinderthränen. 2 Novellen, enthaltend: Der Letzte.
 — Die Landparthie. 2. Auflage . . . . 2 —
Novellen, enthaltend: Francesca von Rimini. —
 Vor den Schranken. — Brunhild. 3. Auflage. 4 —